KB096651

마지막 왕

시나리오 북

마지막 왕

지은이 김준기

발 행 2020년 12월 29일
펴낸이 한건희
펴낸곳 주식회사 부크크
출판사등록 2014.07.15.(제2014-16호)
주 소 서울특별시 금천구 가산디지털1로 119 SK트윈타워 A동 305호
전 화 1670-8316
이메일 info@bookk.co.kr

ISBN 979-11-372-3001-9

www.bookk.co.kr

마지막 왕

The Last King

시나리오북

김준기

2005년 서울애니메이션센터 프리프로덕션 지원작
2006년 영화진흥 위원회 시나리오마켓 애니메이션 시나리오 공모전 대상

contents

synopsis
시놉시스

synopsis

design

character

BG

rifle

scenario

story board

1912년 백두산.

서툰 사냥꾼이었던 박영일은 짐승 길목에 덫을 놓아 암범을 잡았다. 호피는 비싸게 팔려 수지맞았지만, 암범의 서방이었던 부근 산을 호령하는 산군(山君) 수범 때문에 부인 윤예원과 4살 된 딸아이가 목숨을 잃고 만다. 가족이 산군에게 죽임을 당하는 상황에도 나서지 못했던 박영일은 며칠 후 산군의 새끼 중 흰색 새끼 백호를 잡아다 산군을 유인해 죽이려 한다. 하지만 영물인 산군은 박영일의 덫 어디에도 걸리지 않은 채 박영일을 추격했고 목전에 다가왔다. 그때 산군이 엽총을 발사하는 덫들을 건드리면서 빅영일에게 달려든다. 왼팔을 절벽 밖으로 길게 뻗고 죽어있는 산군의 발끝에는 박영일이 절벽 끝 소나무 가지에 매달아 놓았던 새끼 백호가 자루에 담겨 걸려 있다. 산군은 가지가 부러져 절벽 밑으로 떨어지려는 새끼의 모습을 본 것이다.

도토리 마을 사람들은 산군 가족을 몰살시키고 자신의 가족도 지키지 못한 박영일을 엄하게 벌할 것을 두령 윤종도에게 호소했다. 특히 사랑하던 윤예원을 박영일에게 빼앗겼던 짝눈 이만호의 분노는 더욱 컸다. 하지만 예원의 아버지인 두령 윤종도의 선처로 박영일은 큰 벌을 면할 수 있었다.

텅 비어있어야 할 박영일의 집에는 약초꾼 심영감이 풍산개들과 새끼 백호를 돌보고 있었다. 당장 엽총으로 쏴버리려 했지만, 박영일은 망설이고 만다. 얼마간 심영감을 따라 산을 다니던 박영일은 어느 날 새벽, 으르렁대는 백호를 뒤로하고 풍산개 중 덩치가 가장 큰 바우라는 강아지를 데리고 백두산을 떠난다.

1918년. 6년 후.

나이 든 풍산개 바우와 범 사냥꾼다운 모습의 박영일은 발짝꾼 이응식과 함께 15일째 금강산에서부터 두 마리의 식인 범을 쫓아 인왕산으로 오게 된다. 늙고 인간의 덫에 의해 다친 앞다리를 저는 암범은 어쩔 수 없이 인간을 사냥하게 되었고 그 자식마저 자연스럽게 식인 범이 된 경우였다. 두 범은 쫓기는 도중에 허기를 못 이겨 다시 인간을 사냥하려다 박영일과 바우, 이응식에게 잡힌다. 하지만 그 와중에 김세영이라는 여자아이의 어머니가 죽고 만다.

식인 범만을 잡아 호피나 호육을 한약방에 팔아오던 박영일은 한약방 주인으로부터 백두산에 엄청난 식인 백호가 나타나서 일본인들이 상당한 상금을 걸었다는 소식을 듣게 된다. 박영일이 알고 있던 백호인 듯하다. 심영감은 어찌 된 것인가? 백두산을 다시 찾지 않겠다고 결심했었던 박영일은 결국 백두산으로 향하고 어머니를 잃고 연고가 없는 김세영도 고집스럽게 박영일을 따른다.

백두산에서 숯을 만들어 파는 숯쟁이 염씨는 박영일에게 그간 있었던 일을 알려준다.

6년 전 겨울.

예전에 박영일이 살았던 집에서 백호와 풍산개들을 키웠던 심영감이 죽은 채로 발견되었다는 것이다. 개도 한 마리 없고 백호가 사라진 것으로 보아 모두 백호의 소행이라고 생각했다는 것이다.

짝눈이 이만호는 일본인 기업가의 지원으로 조선인 몰이꾼을 고용해 백호를 잡기 위해 온 산을 뒤져 포위해 보지만 백호의 신출귀몰함에 몰이꾼들이 모두 도망가 버린다. 자금을 댄 일본 기업가는 이만호를 꾸짖으며 수일 내 백호를 잡아낼 것을 다짐받는다.

백호는 자신의 영역에 올해도 늙은 만주 불곰 육손이가 들어와 있는 것을 발견한다. 육손이는 6년 전 백호와 심영감이 사는 곳으로 쳐들어와 심영감을 죽이고 형제 같은 풍산개를 물어간 놈이다. 그놈은 겨울잠을 자지 않아 포악스러워져 자주 인가를 습격하였다. 영리한 놈은 자신이 확실히 유리한 상황이 아니어서 백호와의 싸움을 회피한다.

이만호는 김영산, 강칠두와 일본인 기업가에게 마지막 기회로 지원받은 엄청난 크기의 도사견 세 마리를 데리고 백호를 쫓는다.

백호를 잡기 위해 길을 나섰던 박영일은 사건 현장의 발자국 등으로 사람과 가축을 해치는 것은 백호가 아니라 큰 곰이란 걸 안다.

그때 산속을 울리는 총소리.

세 마리의 도사견은 맥없이 백호에게 당하고 이만호, 강칠두, 김영산 모두 큰 부상을 입는다. 박영일의 눈앞에서 백호는 절벽을 뛰어넘어 숲으로 사라져 버리고 이응식은 적극적으로 백호 사냥을 하지 않은 박영일에게 불만을 품는다.

그날 밤. 만주 불곰 육손이는 숯을 굽는 염씨의 작업장을 습격하여 염씨와 그 아들을 해치고 2살짜리 아기를 물어간다. 아기를 물고 도망치는 육손이를 쫓는 백호.

이제 피할 수 없는 백호와 육손이의 싸움이 벌어진다.

그 싸움에 말려드는 김세영.

뒤늦게 상황을 전해 들은 박영일과 이만호, 이응식까지 마지막 싸움에 뛰어든다.

서로 다른 목적으로...

design
디자인

박영일

30~36세. 산에 덫을 놔 암범을 잡았다가 백호의 아비인 산군의 복수로 부인 윤예원과 네 살배기 딸아이를 잃는다. 그 후 산군을 죽이고 새끼 백호만을 남겨둔 채 백두산을 떠난다.

윤 예원과 딸

박영일의 부인. 고려 수범 산군[山君]에게 죽임을 당한다. 부인과 딸을 지켜주지 못한 자책으로 박영일은 백두산을 떠나 범 사냥꾼이 된다.

심마니 심영감

68세. 모두 심영감이라고 부른다. 현명한 인물로 백두산의 범과 짐승들이 사라져 가는 것에 대해 슬퍼하는 인물이다.

김 세영

16살. 인왕산 근처에서 홀어머니와 살았지만 박영일이 금강산에서부터 쫓아온 식인 범 때문에 어머니가 죽고 만다. 자신도 식인 범을 잡겠다고 백두산행을 따라나선다.

이 응식

30세. 박영일과 범 사냥을 같이하는 발짝꾼. (빠른 발로 짐승의 위치를 포수에게 알리는 역할을 한다.)많은 상금이 걸린 백호의 몸값을 끝까지 포기하지 못한다.

조막손 윤 종도

70세. 윤예원의 아버지. 도토리마을의 두령. 젊은 시절 화승총 화약 사고로 오른손 엄지와 검지, 중지 일부분이 잘려나가 조막손 두령으로 불린다.

짝눈이 이 만호

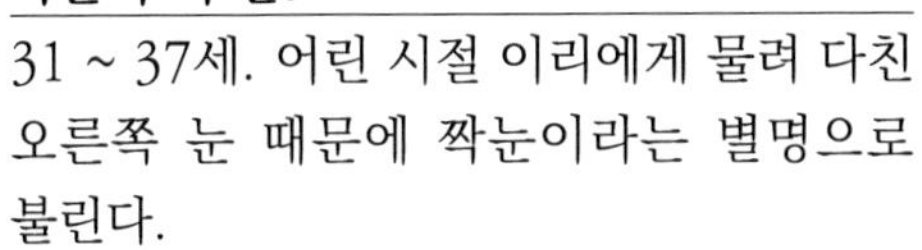

31 ~ 37세. 어린 시절 이리에게 물려 다친 오른쪽 눈 때문에 짝눈이라는 별명으로 불린다.
일본인 앞잡이로 도토리 마을을 어렵게 하고 출세와 돈만 노리는 인물로 변해 간다.

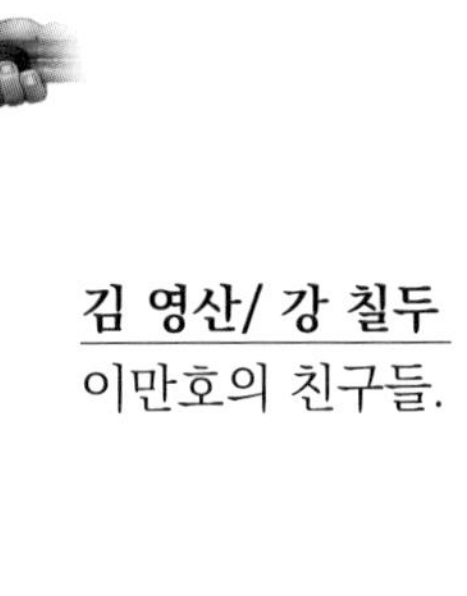

김 영산/ 강 칠두

이만호의 친구들.

카토이사무[加藤 勇:かとう いさむ]

50세. 일본인 재벌 군수업자. 백호를 잡아서 본국으로 돌아가 정치적 활동 할 계획으로 이만호와 친구들을 고용해 조선인 몰이꾼과 함께 백호를 잡아 오도록 자본을 댄다.

염씨와 염씨 가족

숯을 구워 생계를 유지하는 가족. 손자만 남기고 육손이에게 죽임을 당한다.

산군과 산군의 가족

1912년의 모습. 고려 수범으로 백두산을 호령했다. 인간과의 접촉을 피하는 현명한 범이었지만 자신의 영토 내에 덫을 놓아 자신의 암범을 죽인 박영일에게 가족을 죽이는 것으로 복수한다. 쇠붙이 냄새와 화약 냄새, 담배 냄새 등의 위험을 알아 인간의 덫에는 걸리지 않지만, 새끼인 백호를 구하기 위해 덫으로 뛰어들어 죽음을 맞는다.

백호와 풍산개 가족들

1912년 박영일이 백두산을 떠나기 전 모습.
심영감의 보살핌으로 새끼 백호는 늙은 어미 풍산개의 젖을 먹고 자란다. 그해 겨울 풍산개 어미와 형제 중 한 마리는 만주 불곰 육손이에게 죽임을 당한다. 남은 세 마리는 각각 바우, 단우, 백두라는 이름을 갖고 있다.

백호(白虎)

1918년의 모습. 산군의 새끼. 흰색 범이기 때문에 일본인들은 시로오니**[白鬼:しろおに 백색귀신]**로 부른다.

일본인들은 자국 내 전쟁 의식 고취와 조선인들의 의식 말살을 위해서 상징적인 의미로 잡으려고 혈안이 되어있지만 잡지 못한다.

불곰 육손이

만주에서 겨울을 나기 위해 백두산으로 왔다.
오른손 손가락이 6개가 있어서 육손이라 불린다.
학대를 받고 사육되어서 인간을 증오하고 겨울잠 자는 방법을 모른다.

풍산개 바우/백두/단우

1918년의 모습. 현명한 풍산개들로 범이나 불곰과 싸움에서도 물러서지 않는다.

그 외 등장 캐릭터들

도토리 마을 주민들 / 김세영의 외삼촌 재만 / 중국인 한약방 주인 / 일본인 경시[警視] 1,2 / 숯 파는 상인과 일꾼 1,2 / 도사견 1,2,3 / 백두산 사슴

↑ 1912년 박영일의 집 전경

↓ 박영일의 집 방안 모습

↑도토리 마을 전경

↓윤종도의 집 앞 공터

↑서낭당과 호식총[虎食塚]

↓인왕산 김세영의 집

↑종로 거리

↓염씨의 숯 작업장

↑박영일의 집 겨울

↓**산군과 백호의 동굴** : 안에 심영감의 주루묵이 보인다.

↑ 종로 한약방

↓ 용산역

Kokura Arsenal Type 44

박영일의 총

Mauser Model 98 Sporter 7mm

카토이사무의 총

Remington-Lee 1885 Navy

이만호의 총
(1912년 사용 기종)

Winchester 1895
Takedown Special Lyman sight

이만호의 총
(1918년 사용 기종)

Winchester Lever Action Shotgun 1901

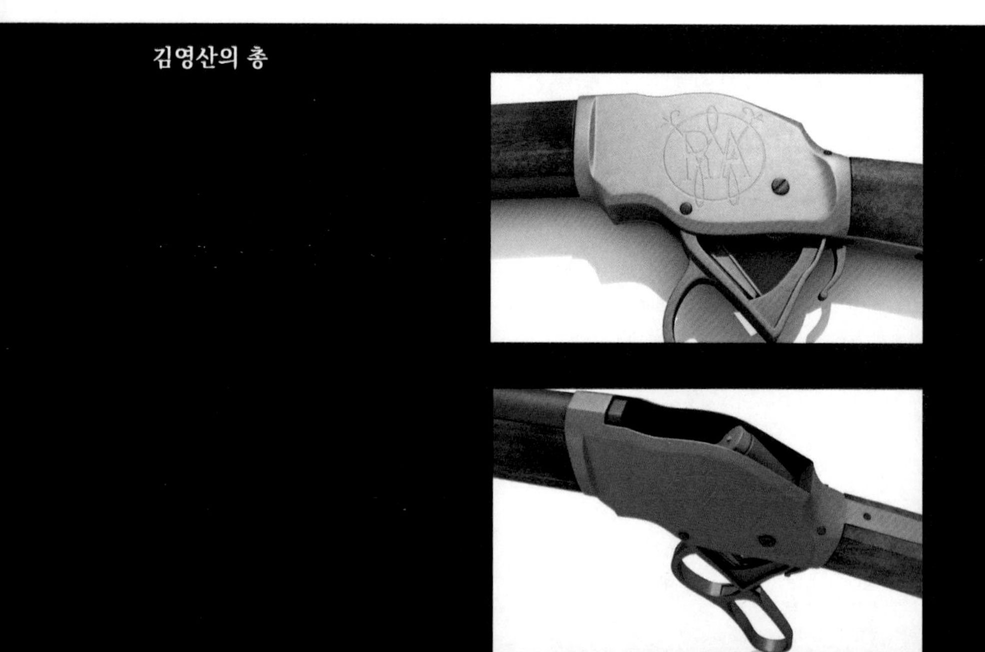

김영산의 총

Winchester 44-40 1892

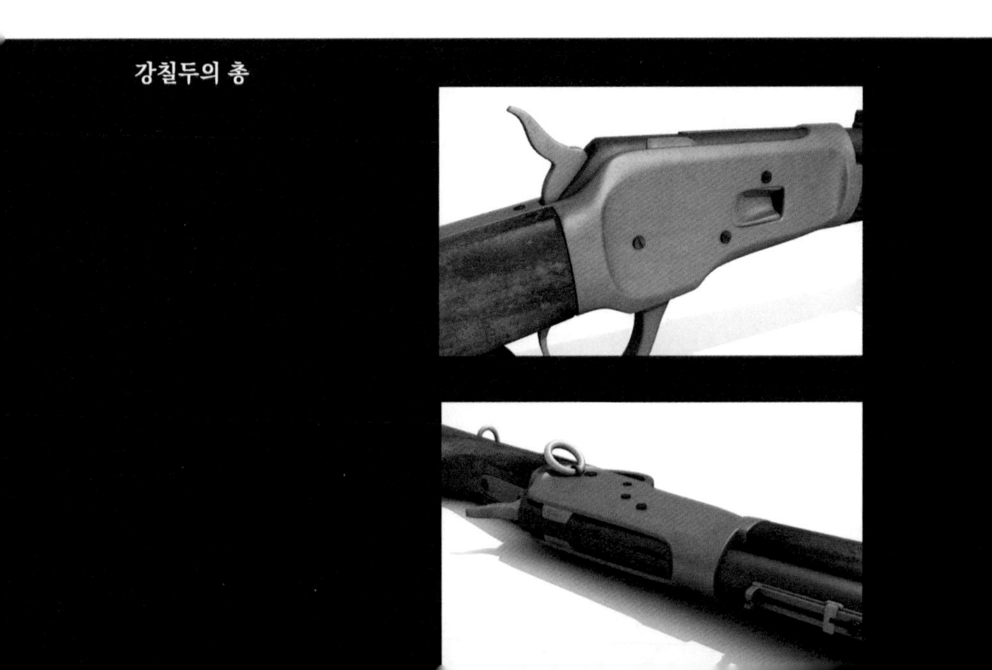

scenario
시나리오

제 1장 산군의 죽음

1. 1912년 6월 백두산 중턱 / 오후

Black.
흙과 돌바닥 위를 뛰는 발소리와 거친 숨소리.
Fade In.
미투리를 신은 주인공 박영일의 발이 산길을 뛰어간다.
숨찬 박영일의 호흡. 나뭇가지에 걸리는 박영일의 옷가지와 오른손에 쥐고 있는 일본제 신형 엽총 **Kokura Arsenal Type 44**가 보인다. 사력을 다해서 뛰고 있는 박영일의 얼굴 정면에서 카메라 빠르게 Zoom Out.
백두산 중턱이 보인다. 주인공은 오른손엔 엽총을, 왼손엔 부댓자루를 움켜쥐고 뛰고 있다.
구름이 옅게 깔린 하늘 위로 제목이 서서히 나타났다 사라진다.

마지막 왕

2. 방안 (회상) / 밤

산 위에서 불어대는 거친 바람 소리가 순식간에 사라진다. 등잔불 심지가 타들어 가는 소리만 들리는 방안. 가재도구라곤 의복을 넣거나 이불을 올려놓는 작은 반닫이와 여인이 씀 직한 소박한 궤경대가 전부이다.
식사를 마친 소반이 한쪽으로 치워져 있고 박영일이 벽에 등을 기대고 엽총을 애지중지 돌려보다 자는 4살 딸아이 옆에 조심스럽게 내려놓는다.

희미한 등잔 불빛에 바느질하는 박영일의 내 윤예원은 박영일이
딸아이의 얼굴을 행복한 표정으로 물끄러미 내려다보는 모습을
보고 미소를 띤다. 박영일은 딸아이가 깰까 조심스레 작게
색색거리는 가슴에 귀를 가져다 대고 숨소리와 심장 뛰는 소리를
듣는다.
윤예원은 그런 부녀의 모습을 보고 행복한 웃음을 짓는다.
박영일도 부인을 보며 말없이 웃는다.

3. 벼락틀 (현재) / 오후

박영일의 행복했던 며칠 전 표정은 가쁜 호흡 소리와 함께 공포에
쫓기는 표정으로 바뀐다.
짐승 길을 뛰고 있는 박영일의 앞으로 좁은 바위길 사이 위에 미리
설치해 놓은 벼락틀이 보인다.
벼락틀은 굵은 뗏목 같은 널판 위에 큰 바위들을 얹어 놓고
나무 기둥으로 받쳐놓아 큰 짐승이 기둥에 묶어 놓은 미끼를
물어가려고 하면 기둥이 쓰러져 널판 위의 바위들이 쏟아져
내리도록 만들어 놓은 원시적인 덫이다.
박영일은 위태롭게 3개의 가지로 균형이 잡혀있는 벼락틀 앞에
멈춰 서서 숨을 고르며 뒤를 돌아본다.
그때 부댓자루에서 2개월이 갓 지난 흰색 새끼 백호가 목을
내밀고 운다. 뒤이어 숲 어딘가에서 새끼의 울음에 대답하는
엄청난 소리의 포효가 들린다.
벼락틀 앞에서 자신이 뛰어왔던 짐승 길 너머 숲속을 응시하는
박영일.
잠시 후. 엄청난 크기**[80관:320kg]**의 백두산 수범 산군**[山君]**이

또 한 번의 포효와 함께 숲속에서 튀어나온다.

박 영일 산군[山君]이다.

박영일은 서둘러 벼락틀 안으로 들어간다. 조심하며 벼락틀 반대편으로 빠져나온 박영일은 뒤도 돌아보지 않고 언덕길을 뛰어 올라간다.
잠시 후. 벼락틀에 다다른 산군은 앞에 놓인 길이 의심스러워 보이는지 멈춰서 주변을 서성인다.

[Insert]
부댓자루에서 목을 내밀고 있는 새끼 백호가 다시 아비를 부르며 울어 댄다.
새끼의 울음소리에 산군은 벼락틀 안으로 발을 딛는다.
벼락틀 반대편으로 거의 빠져나왔을 즈음 뒷발이 마지막 기둥을 건드린다.
언덕을 올라와 비탈길을 뛰어 내려가던 박영일의 등 뒤에서 나무 부러지는 소리와 바위가 서로 부딪히며 쪼개지는 소리가 들린다.
박영일은 다시 언덕으로 올라서서 벼락틀 쪽을 내려다본다.
벼락틀의 널판 위에 얹혀 있었던 바위 더미들이 산군의 몸 위로 내려 앉아있다. 산군은 몸의 뒷부분이 바위에 묻혀 눈을 감은 채 움직이지 않는다.

박 영일 죽었나?

4. 박영일의 집 앞 (회상) / 아침

허술한 싸리문 밖에서 윤예원과 딸이 박영일을 배웅한다.
괴나리봇짐을 등에 메고, 엽총을 들고 집을 나서는 박영일.
딸아이는 함박웃음을 지으며 손을 흔든다.

5. 숲속 (회상) / 오전

산길을 걷고 있는 박영일의 오른손엔 빈 강철 덫과 올무가
들려있다.

박 영일 에헤! 오늘은 영 허탕이네.

그때 앞쪽에서 작은 기척이 들린다.
긴장한 박영일이 엽총을 부여잡고 조심스럽게 다가가자 시야에
덫에 걸려 있는 암범이 보인다.
50관**[200kg]**은 족히 나가 보이는 놈이다.
암범의 오른발을 물고 있는 강철 덫 주위로 피가 흥건하다.
암범은 버둥거리지도 않고 그저 박영일을 무서운 눈으로 쏘아보고
있다. 박영일은 기쁜 표정으로 잠시 덫에 걸려 있는 암범을
바라보다가 천천히 총구를 들어 올린다.

6. 산길 (회상) / 오전

심마니 심영감은 주루묵**[심마니들의 망태기,배낭]**을 메고 마대를
짚으며 산길을 걷고 있다.

그때 산을 울리는 총성이 들린다.
소리가 들리는 산 아래쪽을 내려다본다.
또 한발의 총소리.
심영감은 놀란 표정으로 뛰기 시작한다.

7. 숲속 (회상) / 오전

박영일이 카메라 앞에 누워있는 암범에게 다가와 총구로 대가리를 쿡 찔러 본다. 반응이 없자 안심하고 총구를 내린다.

박 영일 　　　하하하!

그때 산 위쪽에서 심영감이 숨을 헐떡이며 나타난다.

박 영일 　　　심영감! 이것 봐요. 범을 잡았어요.

심영감은 박영일을 무시하고 암범에게 다가가 이리저리 살핀다.
박영일의 웃음기가 걷힌다.)

심영감 　　　(호통친다.) 뭘 하는 게야? 왜 여기 덫을 놓은 겐가?
박 영일 　　　....
심영감 　　　나한테 틀 사냥을 배움서 산군 가족에겐 해 끼치지 않겠다고 했나 안 했나?
박 영일 　　　했죠... 아니! 지가 걸린 걸 어쩝니까? 쇠붙이가 짐승을 가려잡는 것도 아니고.

심영감 　　내가 여기는 산군이 다니는 길목이라 일러줬거늘. 그리고 이 덫이 작은 동물이나 잡겠다고 놓은 덫인가?

> 심영감은 강철 덫을 묶고 있는 굵은 밧줄을 들었다 던진다. 암범의 오른발도 함께 들렸다가 놓이는데 엄청난 무게감에 철렁이는 쇠붙이 소리가 섬뜩하다.

박 영일 　　…

심영감 　　덫이나 올무는 새끼나 새끼를 배고 있는 어미까지 잡아대기 때문에 오소리나 잡을 양으로 조심해서 덫을 놓으라고 했더니 젓먹이 새끼까지 있는 산군의 색시를 잡아?

박 영일 　　그깟 오소리나 족제비 잡아다 뭘 하겠소? 지금 범 가죽이 얼마나 하는지 알고 있소?
아~ 그래요. 내가 잘못했소. 다시는 이런 일 없게 할테니, 화 풀고 이 범 처리하는 일이나 좀 도와줘요. 이왕 일이 이렇게 됐으니까…

심영감 　　(혀를 차며 자리를 뜬다.) 에이!

박 영일 　　(심영감의 등 뒤에 대고) 아니 그래도… 좀 도와줘요 심영감. 사례는 후하게 할 테니.

심영감 　　(뒤도 돌아보지 않고) 난 일 없네.

박 영일 　　답답한 노인네. 그깟 약초 캐서 얼마나 벌겠다고… 쳇.

> 암범의 사체를 보는 박영일의 얼굴에 미소가 번진다.

8. 벼락틀 ➡ 언덕 (현재) / 오후

백호 새끼가 갑자기 울어대자 그에 대답하듯 산군의 눈이 번쩍 뜨인다. 언덕 위를 올려다본 산군은 포효와 함께 몸을 들썩이며 일어나려고 한다. 바위들이 굴러떨어지고 뒷다리가 빠져나와 튀어 오를 것만 같다.
박영일은 반대편 언덕 아래로 뛰어가기 시작한다.
언덕 군데군데 뭔가 묻혀있는 흔적이 보인다.
언덕 끝은 좁은 길로 이어져 있고 100m쯤 앞에 절벽이 보인다.
언덕 위로 올라온 산군은 다시 한번 멈칫한다. 뭔가 냄새를 맡는다.

언덕 내리막길 중간에 박영일의 모습**[체취의 형상화 : 마치 영혼 같은 모습]**이 나타난다.
- 뭔가를 땅에 묻는 듯한 행동의 박영일 형체가 연기처럼 사라진다.
- 언덕 중간 바위에 걸터앉아 담배를 피우는 박영일. 연기가 길게 피워 오르며 박영일의 모습은 서서히 사라진다.
- 언덕 위. 산군 바로 앞에 나타난 박영일의 형상. 뭔가를 덮는 작업을 끝마치고 손을 털며 바닥을 보고 만족해한다.

박영일의 형상이 사라진 곳으로 다가간 산군이 바닥에서 흙과 돌에 덮여 있는 굵은 노끈을 발견한다.
산군이 노끈을 물고 빠르게 잡아당기자 순식간에 큰 강철 덫이 무시무시한 소리와 함께 튕겨 오른다.

9. 절벽 / 오후

놀란 표정으로 뒤를 돌아보는 박영일.
박영일은 수십 미터 높이의 낭떠러지 끝에 서 있다.
새끼 백호가 담겨있는 부댓자루를 절벽 끝에서 자라는 소나무 가지에 매달고 있다.
연쇄적으로 들려오는 강철 덫 소리.
철컹. 철컹. 철컹. 철컹

10. 언덕 / 오후

철컹! 마지막 덫이 튀어 올랐다.
노끈에 연결되어있던 강철 덫은 모두 연쇄반응을 일으켜 흙 밖으로 끌려 나와 뒹굴고 있다.
산군이 노끈을 놓고 언덕 밑을 향해 뛰기 시작한다.

11. 절벽 / 오후

좁은 길 입구를 쳐다보고 있는 박영일.
잠시 후. 산군이 나타났다.
박영일은 소나무 가지와 부댓자루 끈을 잡고 있던 손을 놓고 서둘러 엽총을 들어 올린다.
가지가 제자리를 찾아가며 매달려 있던 새끼 백호의 부댓자루도 절벽 밖으로 내몰려 심하게 흔들린다.
새끼 백호의 울음소리에 산군이 엄청난 포효로 대답한다.

12. 계곡 (회상) / 늦은 오후

박영일의 오른손에 지폐 다발과 빨간 바탕색에 금색 실로 자수가 놓인 예쁜 옷고름이 들려있다.
박영일은 두 가지를 품 안에 집어넣고 즐거운 표정으로 물이 줄어있는 계곡 바위를 뛰어 올라가고 있다.
그런데 계곡 위쪽에 수컷 백두산 사슴 한 마리가 눈에 들어온다.
어깨까지의 높이가 1.4m에 몸 길이는 2m쯤 되는 큰 놈이다.
몸에 걸맞는 크기의 대각**[袋角]**이 아름답다.
사슴은 물을 마시느라 박영일을 발견하지 못한다.
박영일은 조심히 큰 바위 뒤로 몸을 숨긴다.
엽총을 들어 올리는 박영일.
가늠쇠 너머로 백두산 사슴의 가슴팍이 겨눠진다.
서서히 힘이 들어가는 박영일의 오른 검지.
"틱"하는 빈총 소리.
물을 마시던 백두산 수사슴은 놀라 고개를 들고 커다란 귀를 쫑긋거리다가 바위 뒤에서 일어서는 박영일을 보고 숲속으로 달아나 버린다.

박 영일 아이고! 총알도 없는 빈총으로 껍죽댔네.
(등짐을 툭툭 치며) 그래도 이만하면 일 년 치 농사 끝인데, 욕심도 작작 부려야지.

13. 박영일의 집 (회상) / 저녁

멀리 보이는 초가집 굴뚝에서 흰 연기가 올라오고 있다.

> 집이 보이자 발걸음을 재촉하는 박영일.
> 그때 싸리문 오른쪽 숲속에서 뭔가가 움직인다.
> 선명한 주황색 물체가 박영일의 집 쪽으로 다가오고 있다.
> 숲속에서 몸을 드러낸 물체는 산군**[山君]**이라 불리는 커다란 수범이다.
> 박영일은 새하얗게 질린 표정으로 바위 뒤에 몸을 숨긴다.
> 집과 박영일과의 거리는 100m가 되지 않는다.
> 이제 산군은 싸리문에 다다랐지만 박영일은 한 번도 고개를 내밀어 동태를 살펴보지 못한다.
> 총알도 없는 엽총을 부여잡고 벌벌 떨고만 있다.
> 산군이 천천히 싸리문 안으로 들어서자마자 잠시 후 네 살배기 딸아이의 울음소리가 들린다.
> 박영일이 놀라 일어서려다 잠깐 망설인 순간 아이의 울음소리가 들리지 않는다.
> 일어서려고 하는 것인지 앉으려고 하는 것인지 모호한 자세로 얼마간의 시간이 흘렀을 때… 박영일의 귀에 윤예원의 놀란 목소리가 들려온다.

윤 예원 네 이놈! 여기서 뭐 하는 짓이냐?

> 박영일은 그제야 고개를 내밀어 집 쪽을 바라본다.
> 짧은 순간 싸리문 밖에 서 있는 윤예원을 볼 수 있었다. 그녀는 빨랫감을 떨어뜨리고 마당 안으로 뛰어 들어간다.

윤 예원 이놈!

윤예원의 목소리 위에 산군의 포효가 더해진다.
박영일은 귀를 막고 다시 바위 뒤에 웅크리고 앉아 오열한다.
잠시 후 산군은 싸리문을 천천히 빠져나온다.
박영일의 미친 듯한 흐느낌이 집 밑쪽에서 들려온다.
산군은 집 아래쪽, 박영일이 숨어있는 바위를 향해 한차례 포효한다.
하지만 박영일의 흐느낌은 멈추지 않는다.
산군은 왔던 숲길을 따라 돌아간다.

14. 절벽 (현재) / 오후

박영일은 천천히 다가오는 산군을 바라보며 자신의 엽총을 꽉 거머쥔다.
등 뒤에서 새끼 백호가 울어대지만 박영일에게는 산군밖에 보이지 않는다.
산군과 박영일의 거리는 80m.
그때 다시 산군이 멈춰 선다.
산군은 잠시 발밑을 살피는가 싶더니 자신의 왼편 길옆에 자라고 있는 분비나무를 살핀다.
산군의 반응을 본 박영일의 표정에 긴장감이 감돈다.
카메라가 박영일의 표정에서 Zoom Out 되어 산군이 바라보던 분비나무를 비춘다.
나무 밑동에는 구식 엽총이 거치대에 놓여 총구는 길목을 향한 채로 숨겨져 있다. 방아쇠에는 가는 철사가 매어져 좁은 길을 가로질러 맞은편 나무에 매여 있다.
절벽까지 이어진 좁은 길목에 그런 엽총이 5자루 더 설치되어

있다.
산군은 방아쇠에 걸려있는 철삿줄 앞에 멈춰 서서 박영일을
노려보며 천천히 한발을 뗀다.

박 영일 말도 안 돼!

박영일의 표정에 당혹감과 공포감이 교차한다.
산군은 첫 번째 철삿줄을 넘어 두 번째 철삿줄에 다다른다. 또
서서히 앞발을 들어 두 번째 철삿줄을 건드리지 않고 넘어온다.

박 영일 안돼!

엽총을 들어 올리는 박영일. 총구를 산군에게 향한다.
그때 등 뒤에서 들리는 새끼 백호의 울음소리와 뭔가 우지끈하는
소리.
순간 산군이 뛰기 시작한다.
갑작스러운 산군의 행동에 당황하는 박영일. 감히 정조준할
엄두도 내질 못한다.
탕! 총소리.
급하게 뛰어오던 산군이 3번째 엽총의 방아쇠를 당겼다.
몸통에 총알을 맞고 휘청거리지만 멈추지 않는 산군.
바로 뒤이어 들리는 총소리도 산군의 몸통에 적중한다.
당황한 박영일도 방아쇠를 당겨보지만 산군의 발치 땅을 쏜다.
산은 고요하다.
산군의 숨소리와 발소리, 박영일이 당황하며 장전 손잡이를
더듬거리는 소리만 들린다.

무서운 속도로 박영일에게 달려드는 산군은 순식간에 박영일의 눈앞에 다다랐고 5번째 6번째 엽총의 총알을 왼쪽 몸통에 맞은 채로 박영일을 향해 뛰어오른다.
박영일은 뒤로 물러나며 방아쇠울에 손가락을 집어넣는다.
집채만 한 덩치가 오후의 해를 가리고 산군의 숨 냄새가 코에 맡아질 만큼 가까워졌을 때 박영일은 산군이 자기를 향해 달려온 것이 아니란 걸 눈치챈다.
산군의 눈은 박영일의 등 뒤를 향하고 있었다.
다리에 힘이 풀려 뒤로 넘어지며 주저앉던 박영일의 검지가 방아쇠를 당긴다.
총알이 박영일을 뛰어넘는 산군의 가슴팍에 꽂힌다.
뒤로 넘어지는 박영일의 시선을 따라 화면 가득 하늘이 보인다.
서서히 산의 소리가 들려온다.
까치가 울고 바람 소리가 들린다.
그리고 새끼 백호가 울어댄다.
정신을 차리고 일어난 박영일은 쓰러져 있는 산군을 본다.
머리와 몸을 반쯤 절벽 끝에 걸치고 죽어있는 산군.
왼쪽 앞발을 길게 절벽 밖으로 뻗고 있는데 발끝에는 새끼 백호가 담겨있는 부댓자루가 위태롭게 걸려있다.
백호를 매달아 놓았던 소나무 가지는 부러져있다.
계속 울어대는 새끼 백호. 어디에 부딪혔는지 이마 가운데 길게 상처가 생겨 피가 흐르고 있다.
박영일은 힘없이 무릎을 꿇고 주저앉는다.
카메라가 서서히 빠지면서 백두산의 광활함이 화면을 가득 채운다.
박영일은 울음을 참아보다가 결국 머리를 조아리고 통곡을 한다.

[TEXT] : “1912년 백두산”

제 2장　백두산을 떠남

15. 도토리 마을 / 오후

20여 명의 사람이 모여 있다.
어린아이가 어른들 무리 속으로 파고든다. 노인과 젊은이, 아낙과 아저씨 등 천차만별 복장을 한 도토리마을 사람들을 헤집고 나오자 거대한 산군의 머리가 보인다.
아이는 환희에 찬 표정으로 산군의 사체를 굽어본다.
사냥꾼과 그 가족들이 모여 사는 작은 도토리 마을의 전경. 15채 정도의 집들이 옹기종기 모여 있다.
망루가 붙어있는 두령 윤종도의 집 앞 공터.
중앙에 산군의 사체가 놓여있고 박영일이 고개를 숙인 채 무릎을 꿇고 앉아 있다. 옆에는 심영감이 서 있다.
두령 조막손 윤종도는 슬픈 표정으로 마루에 앉아 있다.
사람들이 웅성거린다.

노인 1　　(혀를 차며) 이거이 무슨...
아낙 1　　하이고! 무슨 낯짝으로 여길 찾아왔네?
남자 1　　예원 아씨가 어드런 분인데... 쯧쯧
노인 2　　이런 놈은 살려둬선 아이됀다.

무리 중에 유난히 덩치가 큰 젊은 짝눈이 이만호는 침울한 표정으로 서 있다.
키는 작지만 다부진 체격의 강칠두가 앞으로 나선다.

강 칠두 두령님! 이놈은 죽어 마땅한 짓을 저질렀소. 맡겨 주기오. 저희가 처리하갔소.

아낙 2 맞소. 그리 예쁜 예원 아씨가 어찌 저런 놈하고 눈이 맞아가 천수를 못 누리고 세상을 떴는가? 얼라도 참으로 예뻤는데.

이만호는 아낙2를 노려본다. 몇몇 사람이 눈치를 주지만 아낙 2는 계속 떠들어 댄다.

아낙 2 글 좀 읽었다고 난 척 하드만 산군님께서 제대로 벌을 주신기야.

옆에서 남편인 남자2가 쿡 찌르며 눈치를 준다.

아낙 3 예원이를 생각해서라도 저런 놈은 용서해선 아이 되지요. 개가 우리 두령님이 어째 키운 딸자식인데...

윤 종도 조용히들 못하는가?

윤종도의 불호령에 모두 조용하다.

윤 종도 심영감! 심메마니가 산삼을 캐거나 포수가

물범이나 곰을 잡았을 때 등치기를 하여 물건을 도적질하는 놈들을 우린 어떻게 벌하는가?

심영감 서낭당에 묶어 놓아 산이 심판하게 합니다.

윤 종도 장에 내다 팔기 위해 온 마을이 모아 온 오소리 가죽을 훔쳐 돈을 챙긴 놈에겐 어떻게 했었소?

심영감 서낭당 호식총**[虎食塚]** 옆에 묶어 놓아 산이 심판하게 했습니다.

윤 종도 들었는가? 이놈이 산에게 지은 죄는 산이 벌하게 한다. 그게 산 사람들의 법도다. 내일 아침까지 산이 살려주시면 이놈은 사는 것이고 죽게 되면 지 죄 값인 거다.

강 칠두 두령님! 산군이 죽은 마당에 누가 벌한단 말입네까?

김 영산 맞습네다. 산군 가족 다 죽이고 지 가족 죽는 것도 나 몰라라 한 놈입네다. 지들이 처리하게 해 주시라요. 산군도 없는 산에 묶어 놔 봐야 유월 날씨에 고뿔밖에 더 걸리겠습네까?

심영감 그 짐승 길에 산군만 다니는가? 굶어 돌아다니는 이리 떼가 범보다 더 끔찍하지.

아낙 2 하긴 그놈들도 무섭겠구먼. 열댓 마리 씩 떼로 몰려 다니니께.

> 또 남편이 눈치를 준다. 무리는 수긍하는 표정으로 쑥덕거린다.

윤 종도 만호야!

이 만호 예!

윤 종도　　네가 칠두하고 영산이 데리고 이놈을 서낭당에 묶어 놓는 일 좀 맡아 주거라.

이 만호　　예!

> 이만호가 앞으로 나서려고 하자 강칠두와 김영산이 먼저 무리에서 빠져나와 무릎 꿇고 있는 박영일을 부축해 일으켜 세운다.

강 칠두　　자! 일어나라.

> 박영일은 체념한 표정으로 일어나 강칠두와 김영산을 따른다.
> 이만호도 그 뒤를 따르고 마을 사람들이 길을 비켜 준다.

윤 종도　　만호야.

이 만호　　예!

윤 종도　　서낭당에 단단히 묶어 두어야 한다.

이 만호　　(잠시 대답에 뜸을 들인다.) 예!

> 마을 사람들 모두 마을 어귀를 빠져나가고 있는 네 사람의 뒷모습을 바라보고 있지만, 심영감만 윤종도를 바라보고 있다가 살짝 허리 굽혀 인사를 한다.

16. 산길 / 오후

> 네 사람은 좁은 산길을 따라 걷고 있다.
> 이만호와 김영산, 강칠두의 어깨에 엽총이 들려 있다.

17. 서낭당 / 오후

큰 주목**[朱木]** 밑에 작고 초라한 서낭당이 있다.
제를 드린 흔적이 보이고 양옆으로는 오래된 장승**[長丞]**이 서 있다. 그 옆으로 호식총이 보인다.
호식총은 큰 돌무더기로, 위에는 떡을 찔 때 쓰이는 철로 된 검은 떡 시루가 엎어져 있고 바닥의 9 구멍 중 하나에는 긴 쇠꼬챙이가 꽂혀 있는 특이한 무덤이다.
김영산과 강칠두가 박영일을 주목 밑동에 묶고 바위 위에 앉아 있는 이만호에게 다가온다.

김 영산 다 됐다.
이 만호 그래? 그럼 가자.
강 칠두 어... 정말로 기냥 가는 거네?
이 만호 그럼?
강 칠두 아니... 기래도.
이 만호 총이라도 쏠라나?

김영산과 강칠두가 삐쭉거린다.

이 만호 아니면 죽도록 패기라도 할 란가?
김 영산 아이다 뭐... 기냥 가자!

왔던 길을 되돌아가려는 세 사람. 그때 뒤에서 박영일의 목소리가 들린다.

박 영일　　미안하다.

> 이만호, 김영산, 강칠두가 걸음을 멈추고 뒤돌아본다.

이 만호　　뭐라?

> 박영일은 계속 고개를 숙이고 있다.

이 만호　　니 지금 뭐라 했나?
(박영일에게 달려들어 멱살을 잡는다.)
미안하다고? 네 놈 입에서 어찌 미안하단
말이 나오는가? 내 평생 예원이만을 사랑하며
살아왔다. 두령 영감에게도 내가 얼마나
끔찍하게 했는지 아네?
기런데 일본군에 쫓겨 백두산으로 도망 온 빙신
같은 놈이 예원이를 낚아가?
그래 내가 못나 그랬다 치자. 그럼 네놈이 그
예원이 가시나 평생 책임져야 하는 기 아니냔
말이다. 이런 겁쟁이 자식아!

> 멱살을 잡고 흔들어 대는 통에 박영일의 품에서 윤예원에게
> 주려고 샀던 빨간 비단 옷고름이 떨어진다.
> 옷고름을 이만호가 집어 든다.

박 영일　　미안하다.

이만호는 노끈을 풀어 옷고름을 길게 늘어뜨려 본다. 그리고 호식총 쪽으로 다가간다.

이 만호 **(옷고름을 호식총 위, 시루 구멍에 꽂혀 있는 쇠꼬챙이에 묶으며.)**
너 이 호식총이 뭔지나 아네? 이 호식총은
범한테 죽은 사람들이 창귀가 되지 말라고 만든
무덤이야.
범한테 죽으면 살아생전 가까운 사람들을 꼬여내
범한테 데려가는 창귀라는 원혼이 되는데
호식총은 그런 창귀를 가둬놓으려고 만든
무덤이지.
그래서 밤에는 여기 창귀들이 들끓어.
예원이래 오늘 밤 네놈을 데려갔음 좋겠다.

이만호는 옷고름을 매어놓고 서낭당 길을 내려간다. 강칠두와 김영산도 그의 뒤를 따른다.
빨간 옷고름이 바람에 날린다.

18. 서낭당 / 밤

그믐달이 떠 있고 밤벌레 소리가 요란하다.
갑자기 벌레 우는 소리가 멈추더니 까르르 웃는 아기의 소리가 들린다.
놀라 고개를 드는 박영일.
눈앞에 보이는 호식총.

> 쇠꼬챙이에 묶여 있었던 빨간 옷고름이 보이지 않는다.
> 지하 여장군 뒤쪽에서 뛰어나와 웃으며 박영일 앞을 가로질러가는
> 네 살배기 딸아이의 모습이 보인다.
> 뛰어가는 딸아이가 도착한 곳은 맞은편 천하대장군 옆의 호식총.
> 가슴에 빨간 비단 옷고름을 메고 있는 부인 윤예원의 모습이
> 보인다.
> 그리고 딸아이는 어미의 손을 꽉 잡고 웃고 있다.
> 박영일은 아무 말도 못하고 눈물을 흘린다.
> 윤예원은 웃으며 박영일을 바라보다 딸의 손을 이끌고 뒤로 돌아
> 어둠 속으로 걸어 들어간다. 서서히 윤예원과 딸아이의 모습이
> 어둠 속으로 사라져 가고 있다.

박 영일　　　미안하오. 미안하오...

> 윤예원이 사라진 어둠 반대편 쪽에서 푸른빛들이 반짝이기
> 시작한다. 마치 도깨비불처럼 흔들리던 빛들은 20개, 30개로
> 불어나더니 서서히 다가온다.
> 호식총까지 가까이 다가오자 반짝이는 빛의 주인공은 이리떼의
> 눈이라는 걸 알 수 있다.
> 열대여섯 마리의 굶주린 이리떼들이 서서히 다가온다.
> 이리떼의 으르렁대는 소리 속에서 다시 한번 딸아이의 맑은
> 웃음소리가 들린다.
> 박영일은 눈을 감는다.

19. 서낭당 / 새벽

윤종도가 서낭당 길을 올라오고 있다.
왼쪽 다리를 잘 쓰지 못하는 윤종도는 붕대가 감겨있는 오른쪽 조막손으로 지팡이를 짚고 어렵게 다리를 절며 언덕을 올라온다.
윤종도가 주목 밑동에 묶여있는 박영일을 풀어주자 이슬에 몸이 젖어 있는 박영일은 몸을 감싸 안고 추위에 떤다.
윤종도가 주먹밥을 내민다.

시간 경과.
따뜻한 아침 해가 내리쬐는 바위 위에 앉아 꾸역꾸역 주먹밥을 먹고 있는 박영일.
백두산 중턱을 내려다보고 있던 윤종도가 말을 꺼낸다.

윤 종도 예원이가 네 녀석과 결혼하겠다고 했을 때, 마을 사람들은 난리였지만 난 반대하지 않았다.

주먹밥을 먹던 박영일의 속도가 느려진다.

윤 종도 똑똑한 여식이 결정한 일을 반대해서 뭐하겠냐?
이렇게 된 것도 다 제 팔자겠지.
자식이 택했고 산이 용서한 일을 더 이상 뭐라 하지 않겠다. 앞으로 잘 살아라.

말을 마친 윤종도는 일어나 산에서 내려간다.
박영일은 주먹밥을 들고 윤종도의 뒷모습을 바라본다.
호식총 쇠꼬챙이에 묶여있는 빨간 옷고름이 날린다.

20. 박영일의 집 ➡ 광 안 / 오전

> 조심스럽게 싸리문 안쪽으로 발을 들인 박영일은 마당 안을 살펴보다 깨끗한 모습에 놀란다. 마당 안으로 들어왔을 때 광**[곳간:庫間]**문이 열리더니 심영감이 나온다.

심영감 왔나?

박 영일 마당이...

심영감 치웠지. 그런 자국을 그냥 놔둘 수 있나?

박 영일 고맙습니다.

심영감 뭐 좀 먹어야지?

박 영일 아니요. 두령님이 주먹밥을 들고 오셨었어요.

심영감 그랬는가?

박 영일 밤에 이리 떼들한테 죽었다고 생각했는데 덤비질 않더군요. 굶어서 뼈가 앙상한 놈들이었는데...

심영감 두령은 이리떼들이 산군 냄새를 맡고 덤벼들기 겁낼 거란 걸 알고 있었던 게지.
그 난리 통에 아직도 산군 피나 털이 잔뜩 묻어 있잖아? 하지만 그것도 네 운이 따랐어야 하겠지만...

> 그때 광 안쪽에서 짐승 새끼 끙끙대는 소리가 난다. 박영일이 광 쪽을 바라본다.

심영감 아! 이 소리 말인가? 이리 와보게.

심영감이 앞장서 광문을 열고 들어간다.
좁은 광의 앞쪽은 부엌으로 쓰이고 안쪽은 창고로 쓰여 여러 물건이 쌓여있다.
박영일은 그곳에서 풍산개 어미와 새끼 무리를 발견한다.
늙은 풍산개 암컷의 젖무덤에 흰색 풍산개 새끼 5마리가 코를 박고 젖을 빨고 있다.
그중 한 놈이 유난히 덩치가 크다.
사람의 기척을 느꼈는지 새끼 중 두 놈이 문 쪽으로 고개를 돌린다. 그제야 박영일은 유난히 덩치 큰 놈이 이마에 선명한 세로줄 상처가 있고 흰 바탕에 검은 줄무늬가 있는 새끼 백호란 걸 안다. 새끼 백호가 긴장한다.

심영감 아랫마을 숯장이 염씨네 개라네. 이 녀석이 새끼 젖 먹이던 게 생각나서 어제...

갑자기 광을 뛰쳐나가는 박영일.
우당탕거리며 방문 여는 소리와 뭔가가 떨어지는 소리 등이 들린다. 심염감은 약한 한숨을 쉬며 걱정스러운 표정으로 새끼 백호를 바라본다.
다른 새끼들은 어미의 젖을 빨고 있지만 백호는 말똥거리는 눈으로 심영감을 빤히 쳐다보고 있다.
박영일이 광으로 다시 들이닥쳤을 땐 손에 엽총이 들려있었다.
새끼 백호는 놀라 뒷걸음치며 윗입술을 말아 올리고 위협적인 자세를 취한다. 풍산개 어미와 4마리의 새끼들은 별 반응이 없지만 백호는 박영일이 총구를 자기에게 향하자 더욱 신경질적으로 움직인다.

심영감 그 새끼도 죽여 버릴 작정인가?
(**돌계단에 걸터앉는다.**)
어제 범굴에 가봤네. 알지? 자네가 새끼를
데리고 도망쳐온 그 굴 말이야.
이 백두산 일대 사람들은 산군님의 굴이 어딘지
다 안다네. 온 산이 한눈에 내려다보이는 정말
멋진 바위굴이지.
거기에 산군과 색시, 그리고 3마리 새끼가
살고 있었잖은가? 근데 어제는 거기 아무것도
없었어. 주변을 살펴보니 2달밖에 안 된 새끼
범 두 마리는 머리만 남아있더군. 어미를 찾아
나섰다가 물범이나 곰에게 먹혔겠지.

> 괴로운 표정의 박영일.

심영감 이 근처 백두산엔 범이 없네.
자네 한 명이 며칠 새 저지른 일 때문에 이제 이
산에서는 범을 볼 수 없게 됐어.
(**일어서서 광을 나가며**)
절벽에서 그놈을 왜 끌어올려 줬는가?

> 말을 끝내고 심영감은 광을 나가버린다.
> 박영일은 엽총을 내리고 괴로운 표정으로 눈을 감고 고개를 뒤로
> 쳐든 채 한참을 서 있다.
> 박영일의 얼굴과 백두산 어느 봉우리가 서서히 Dissolve 된다.

21. 봉우리/ 낮

파란 하늘과 봉우리가 보인다.
잠시 후. 우렁찬 목소리가 산자락에 울려 퍼진다.

심영감 (OFF) 심 봤다!

많이 자란 수염에 머리도 덥수룩해서 지저분해 보이는 박영일이 고개를 든다. 어깨에 주루묵을 메고 있는 형색이 영락없는 심마니 모습이다.

22. 마당 심 / 낮

심영감은 흰 무명천 위에 주변에서 자라는 파란 이끼를 깔고 조심스럽게 두 뿌리의 산삼을 올려놓고 절을 드린다.
산삼은 작지만 통통한 사람의 아랫도리처럼 생긴 도삼[都蔘]이다.
가로줄이나 많은 뇌두 개수로 판단해서 30년은 족히 넘어 보인다.
박영일이 두 봉우리 사이에 햇빛이 잘 닿지 않는 좁은 계곡으로 힘들게 올라선다.

심영감 (박영일을 발견하고) 어서 올라오게!
채삼[採蔘] 일한 지 얼마 되지도 않은 소장
마니가 이런 마당 심 구경도 다 하는구먼.
이런 곳에 마당 심이 있었네. 산삼 밭 말이야.

봉우리에 둘러싸인 음지에는 낙엽이 많이 쌓여 있었고 파란 아기

손바닥 같은 삼 잎들이 많다.
빨간 삼 열매로 보아 10뿌리 이상의 산삼이 더 자라고 있는 것을 알 수 있다.

23. 봉우리 꼭대기 / 오후

봉우리 꼭대기 바위에 앉아 산을 내려다보며 주먹밥을 먹고 있는 심영감과 박영일.

박 영일　심영감님! 거기 마당 심에서 왜 산삼을 두 뿌리 캤습니까?

심영감　자네 한 뿌리 나 한 뿌리 가지려고 그러지.

박 영일　아니! 어림잡아 10뿌리는 족히 넘어 보였는데 왜 두 뿌리만 캐셨냐 하는 겁니다.

심영감　(**멋쩍어한다.**) 허 참! 한 뿌리씩만 가져도 충분한데 욕심껏 다 가져서야 쓰나? 다음에 필요한 사람에게 요긴하게 쓰이겠지.
(**잠시 박영일의 얼굴을 살핀다.**) 산은 사람에게 많은 것을 준다네. 모자라지 않게 주지만 사람들은 넘치게 받으려고 과욕을 부리지. 그러면 언제나 탈이 생겨. 산에선 우리도 산짐승일 뿐이야.

심영감의 말을 되새기는 박영일 눈에 윤예원과 딸의 모습이 보인다. 봉우리 옆. 삐죽이 솟아있는 바위 위에 서서 박영일을 보며 웃고 있다.

박영일은 덤덤한 표정으로 그들을 바라본다.

24. 박영일의 집 곳간 / 새벽

조용한 새벽. 곳간에서 풍산개 어미와 네 마리의 새끼, 그리고 백호가 뒤엉켜 자고 있다.
이제 4달이 좀 넘은 백호는 어미 풍산개만 한 몸집이다.
백호는 잠이 안 오는지 몸을 뒤척이며 눈을 뜬다.
물끄러미 곳간 문을 바라보고 있는데 발소리와 함께 조용히 문이 열리고 박영일이 들어온다.
엽총을 메고 길 떠날 복장으로 들어온 박영일을 본 백호는 긴장한다.
기척에 잠을 깬 풍산개들은 박영일을 보고 좋아 반기며 달려들지만 백호는 표독스러운 표정으로 뒤쪽으로 물러난다.
강아지들을 만져주다가 백호를 무심히 바라보는 박영일.

박 영일 그래 어쩌겠다는 거냐?

백호는 날카롭게 이빨을 드러낸다.

박 영일 내 가족들도 네놈 아비한테 죽어서 창귀가 되어
이 백두산을 떠돌고 있다.
네놈만 가족을 잃은 게 아니다.

잠시 백호를 바라보던 박영일은 엽총을 들어 백호를 겨눈다.
백호는 총구를 피하려고 허둥댄다.

박 영일 난 백두산을 떠난다. 범잡이 사냥꾼이 될 거다. 내가 범잡이를 하다 죽지 않고, 너도 죽지 않아 살아서 만난다면 그때는 네놈 아비한테 진 빚을 톡톡히 갚아주마.

엽총을 치우자 좀 안심하는 백호. 박영일이 엽총을 어깨에 멜 때까지 총구에서 눈을 떼지 않는다.
박영일은 일어서면서 주변에서 꼬리를 치는 새끼 중에 덩치가 제일 크고 통통하게 살이 오른 놈을 가슴에 안아 올린다.

박 영일 자 바우야! 너는 나랑 가자.

광문을 열고 나가는 박영일.
풍산개 새끼들과 어미는 광문 문턱에 서서 바우를 안고 멀어지는 박영일의 뒷모습을 바라본다.
강아지들의 뒤쪽에서 윤예원과 딸아이의 모습이 나타난다.
박영일의 괴나리봇짐에는 빨간 옷고름이 매어져 있다.

제 3장 인 왕 산

25. 인왕산 숲길 / 오후

나무가 적고 바위가 많은 인왕산.

[TEXT]
6년 후 1918년.
한성[漢城]-현 서울-의 인왕산.

조용한 산속에서 한 여자의 노랫소리가 들린다.
16살 김세영은 우렁찬 목소리로 독립군가를 부르고 있다.
그 뒤로 4명의 40~50대 아낙들이 인왕산 내 절 인왕사에서 행사를 돕고 받은 쌀과 음식을 가슴에 안고 머리에 이고 걷고 있다. 그중 김세영의 어머니도 있다.

김 세영　　(독립군가를 힘차게 부르며)
신 대한국 독립군의 백만 용사야 조국의 부르심을 네가 아느냐.
삼천리 삼천만의 우리 동포들 건질이 너와 나로다.
나가 나가 싸우러 나가.
나가 나가 싸우러 나가.
독립문의 자유종이 울릴 때까지 싸우러 나아가세.

아낙 1　　아이고! 세영이는 선머슴이네 아주.

아낙 2　　재가 계속 부르는 노래가 뭐래요?

아낙 3　　몰라? 독립군가잖아.

아낙 2　　어매! 가시나가 뭔 그런 노랠 부른대?

아낙 1　　(세영 어머니에게 조심스럽게) 형님! 재 혼인 날짜 잡혔지라?

세영 모　　으... 응.

아낙 3　　에고. 어린놈이 고생하겠소. 아직 저렇게 철이 없는디...

> 김세영은 계속 노래를 부르면서 길도 아닌 곳을 겅중겅중 뛰고 있다.

아낙 2　　아야! 그런 노래 부르다가 일본 순사라도 들으면 어쩌려고 그러냐?

김 세영　　(뒤돌아보며 소리친다.) 듣는 게 대순가? 순사까짓거... 우리 아버진 독립군이라고요.

아낙 3　　에고! 이시 죽었는지도 모를 아비도 독립군이라고...

김 세영　　다 들려요. 우리 아버지 욕하면... 아!

> 김세영이 짧은 비명과 함께 풀썩 주저앉는다.

아낙 3　　와 저라노?

> 아낙들이 도착해 보니 김세영이 돌에 걸터앉아 한쪽 다리를 붙잡고 어머니에게 웃어 보인다.

아낙 1　　하이고! 까불다 넘어졌으니 아프다고 울지도 못하고... 근게 왜 그렇게 산에서 뛰나 뛰기를. 쯧쯧쯧...

세영 모　　이쪽 발인가? 한번 봐봐라.

> 김세영이 내민 삔 오른발을 세영 어머니가 만지자 약간의 통증을 느끼고 흠칫 놀란다.

세영 모　　심하게 삔 것 같진 않으니까 동생들은 먼저 내려가.
아낙 3　　그리할래요. 형님?
세영 모　　그래 어여.
아낙 1　　엿새밖에 안 남았는데 그 다리로 괜찮겠나?

> 아낙 1의 말에 놀라는 세영의 어머니. 눈치를 준다. 아낙들이 좀 당황한다. 김세영도 뭔가 눈치챈다.

아낙 2　　(재빨리 말을 꺼낸다.) 아유! 그럼 우린 먼저 갈게요. 형님 이따 봅시다.

> 먼저 산에서 내려가는 아낙들. 세영 어머니의 뒤통수에 세영의 시선이 따갑게 꽂힌다.
>
> **시간 경과.**
> 김세영의 투정 섞인 울음소리가 숲속에 울려 퍼진다.

김 세영　　말도 안 돼. 싫어. 그런 게 어디 있어? 안 해!
세영 모　　(달래는 투로) 세영아! 어쩔 수 없잖아.
김 세영　　(울음을 터트린다) 싫어! 내가 왜 일본 늙은이한테 시집을 가야 해?
세영 모　　외삼촌이 빌린 돈이 너무 많아서 어쩔 수 없어.

그 노인네가 널 너무 예뻐하니까 지금보다 훨씬 편하게 잘 살 거야.

김 세영 싫어! 난 지금이 좋단 말이야. 왜 외삼촌이 투전판에서 날린 빚 때문에 내가 그 늙은이랑 살아야 하는데?

세영 모 아니면 엄마도 외삼촌하고 같이 잡혀가. 감옥 가서 평생 나오지 못한다고.

김 세영 바보 같은 외삼촌. 아버지가 계셨으면 벌써 손모가지가 부러져서 투전 패는 들지도 못했을 거야.

세영 모 (기어이 폭발한다.) 그놈의 아버지! 아버지! 언제까지 죽은 아버지 얘기만 하고 있을래? 독립운동한답시고 가족은 나 몰라라… 이렇게 절간에서 밥이나 지으면서 어렵게 사는데… 네 아비가 해준 게 뭐 있냐? 일본 순사 놈들은 매일 들락거리면서 죽은 남편 찾아내라고 들볶고… 이렇게 사는 게 행복해? 좋아?

김세영은 어머니의 눈물에 말이 없다.

세영 모 세영아! 1년만 꾹 참자. 엄마 살리는 셈 치고… 1년 뒤에 그 늙은이 빚 다 갚고 네가 그 집에서 뒷돈 좀 모으면 그거 가지고 멀리 도망가자. 엄마랑 둘이서 행복하게 살자.

김세영은 어머니의 얼굴을 물끄러미 바라본다.
그때 헉하는 소리와 함께 어머니의 얼굴이 순식간에 사라진다.
빠르게 주황색 바탕에 검은 줄무늬가 새겨진 물체가 김세영을
뛰어 넘어간다.
김세영은 얼떨떨한 표정으로 뒤를 돌아본다.
어머니의 허연 치마저고리가 달리는 범에게 매달려 있다.
범은 물고 있는 세영 어머니의 몸을 휙 뒤로 올려쳐서 어깨에 들춰
멘다.
범이 사라진 숲 쪽을 멍하니 바라보던 김세영은 큰 눈을 하고선
비명을 지른다.

26. 인왕산 숲속 / 오후

울며 다리를 저는 김세영이 힘겹게 뛰고 있다.

김 세영　　사람 살려요. 누구 없어요? 살려주세요.

뭔가의 기척에 놀라 뒤를 돌아보는 김세영.
숲에서 덩치 큰 개가 뛰쳐나와 김세영을 가로질러 달려간다.
흰색의 풍산개 바우는 얼굴과 몸에 잔 상처들이 많고 덩치가
보통의 풍산개보다 크다.
김세영은 뒤쪽에서 잔가지를 부러뜨리며 또 뭔가가 다가오는
소리를 듣는다.
뒤따라 박영일이 나타난다. 박영일은 6년 전과는 다른 모습이다.
표정은 무척 강인해 보이고 긴 머리에 빨간 비단 옷고름이
묶여있다.

김세영은 박영일을 보자 풀썩 주저앉는다.

김 세영 도와주세요. 범이... 범이 제 어머니를 물어갔어요.
박 영일 너는 괜찮냐?
김 세영 예. 괜찮아요. 저쪽으로 간 것...
박 영일 (말을 자른다.) 몇 마린가?
김 세영 예?
박 영일 범 말이다. 범이 몇 마리였는가?
김 세영 하... 한 마리요.

그때 멀리서 삐~ 하는 피리 소리가 길게 들려온다.
박영일이 산 위쪽을 살핀다.
산등성이를 타며 범을 쫓던 발짝꾼 이응식**[30세]**이 입에 짧은 피리를 물고 북서쪽을 가리키는 손짓을 한다.
박영일이 그 방향으로 뛰어간다. 김세영도 박영일이 사라진 방향으로 서둘러 걷기 시작한다.

27. 인왕산 바위벽 / 오후

높은 바위벽에 가로막힌 늙은 암범은 뒤돌아서서 자신을 쫓아온 바우를 신경질적으로 노려본다.
바우는 범과 일정한 거리를 유지하면서 대치한다.
바위벽을 제외하고는 주변이 탁 트인 형세이지만 늙은 암범은 도망칠 생각이 없다. 암범이 싸울 자세를 취하자 긴장한 바우가 짖기 시작한다.

28. 인왕산 숲속 ➡ 바위벽 / 오후

바우의 짖는 소리가 들린다.
박영일이 빽빽한 숲길을 빠져나오자 넓게 트인 장소가 나타나고
멀리 늙은 암범이 보인다.
사격 가능한 가까운 자리를 잡기 위해 계속 뛰던 박영일은 세영
어머니의 시신을 발견한다.
잠시 멈춰서 세영 어머니를 살피는 박영일.
외상이나 핏자국이 눈에 띄진 않지만 이미 죽어 있다.
다시 서둘러 뛰는 박영일.

박 영일 왜 저놈 한 마리뿐 인가?

그때 갑자기 바우를 향해 뛰기 시작하는 암범.
바우도 몸을 돌려 박영일 쪽을 향해 달려온다.
박영일은 멈춰서 무릎을 꿇고 앉아 엽총의 장전 손잡이를
잡아당겼다 밀어 장전하고 사격 준비를 한다.
숨을 고르는 동안 늙은 암범과 바우의 간격이 좁혀진다.

이응식의 시선
산을 뛰어 내려오는 이응식이 상황을 눈으로 좇는다.
몹시 흔들리는 시선으로 사격 자세를 취하고 있는 박영일과
주인에게 필사적으로 도망치고 있는 바우, 그리고 서서히
바우와의 간격을 좁혀가는 암범의 모습이 보인다.
다시 한번 박영일을 바라봤을 때 박영일의 왼편 위쪽 바위 숲
사이에서 주황색 바탕에 검은 줄무늬가 있는 기다란 꼬리가

박영일 쪽으로 가까워지는 걸 발견한다.
이응식은 서둘러 짧은 피리를 입에 문다.

삑삑삑~ 박영일의 귀에 이응식의 피리 소리가 들린다.

이응식의 시선
흔들리던 꼬리가 이젠 박영일의 머리 위에 멈춰 서 있다.
바우와 암범, 박영일과의 사이는 더욱더 가까워 졌다.
박영일 머리 위, 바위 뒤쪽에서 슬며시 범의 머리가 나타난다.
2년이 채 안 된 40관**[160kg]** 크기의 어린 범이 박영일을
내려다본다.
이응식은 피리를 입에서 떼고 소리친다.

이 응식　　　형님! 머리 위에 범이요.

박영일은 낮게 그르렁대는 소리로 범의 존재를 눈치채지만,
고개를 돌리지 않는다.
박영일은 달려오며 바위 위를 쳐다보는 바우를 본다.
박영일 머리 위쪽 어린 범을 발견한 바우.
늙은 암범은 바우를 거의 따라잡았다.
박영일의 바로 앞에서 바우는 갑자기 오른편으로 방향을 틀어
박영일의 왼편 바위를 밟고 뛴다.
동시에 바우를 채기 위해 뛰어오르는 늙은 암범.
그리고 박영일의 머리 위로 뛰어내리는 어린 범.
박영일에게는 눈앞에 늙은 암범만이 보인다.
공중에 멈춘 듯 날아 올라있는 암범은 가슴을 드러내고 덮쳐온다.

바우는 바위벽을 옆으로 타고 올라 박영일의 머리 위로 뛰어
내리는 어린 범에게 달려들어 콧등을 뒷발의 발톱으로 할퀴며
공중에서 다시 한번 도약한다.
총소리.
늙은 암범의 몸이 휘청거리더니 땅으로 떨어진다.
공중에서 균형을 잃은 어린 범은 박영일의 바로 뒤편에 착지한다.
박영일의 발치에 늙은 암범의 앞발이 떨어지지만, 죽었는지
아닌지를 확인할 새도 없이 엽총을 다시 한번 장전하고 어린 범
쪽으로 돌아선다.
총소리에 놀란 어린 범이 도망치려고 하자 바우가 앞을 막아선다.
하지만 어린 범의 앞발에 챌 뻔 하고 가까스로 옆으로 피해 선다.
바우가 도망치는 어린 범을 뒤쫓지만 출발이 늦어 어린 범과의
거리는 조금씩 멀어진다.
다시 조준하려는 박영일의 눈에 김세영이 들어온다.
김세영이 죽은 어머니의 시신 앞에 앉아 울고 있다.
눈물로 범벅이 된 얼굴로 자신에게 달려오는 어린 범의 모습을
발견하고도 멍하니 앉아있다.

이 응식　　　숙여라. 머리 숙여.

탕!
또 한발의 총소리가 울리고 주변 흙바닥에 박힌다.
놀라 움칫거리며 김세영의 앞에 멈춰선 어린 범.
잠깐 놀라 두리번거릴 때, 이응식의 높은 피리 소리가 길게
울린다.
어린 범은 그 소리가 귀에 거슬리는지 신경질적으로 포효하며

멍하니 앉아 있는 김세영을 내버려 둔 채, 이응식 쪽으로 방향을 바꿔 뛰기 시작한다.

이 응식 미치겠네. 이쪽으로 온다.

장전을 마친 박영일은 엽총을 들어 가늠쇠를 어린 범에게 조준한다. 뛰는 방향을 예측하여 머리 앞쪽을 겨냥하려고 했을 때 몇 그루의 나무들이 시야를 가린다.

박 영일 젠장...

박영일이 총구를 내리고 시야를 확보하기 위해 서둘러 우측 전방으로 뛴다.
마르고 작은 체구의 이응식이 재빠르게 허연 껍질의 분비나무 줄기를 타고 올라간다.
5~6m쯤 올라갔을 때 언덕 밑에서 뛰어오던 어린 범이 언덕 밑부터 도약하여 나무를 타고 오른다.
다행히 어린 범은 3m 정도밖에 올라오지 못하고 다시 땅으로 떨어져 버린다.
이응식은 밑을 내려다보며 안심한다.

이 응식 저리 가! 저리 가!

어린 범은 망설임 없이 분비나무를 돌아 이응식을 올려다보며 산 위쪽으로 뒷걸음친다.
처음과는 다르게 어린 범은 언덕 위쪽부터 도약해서 빠르게 나무를 뛰어오른다.
잠깐 안심하던 이응식의 표정이 긴장한다.
어린 범의 둥근 얼굴이 순식간에 가까워진다.
화면 바로 앞까지 어린 범이 뛰어올라, 오른 앞발을 쳐들어
휘저으려는 순간.
탕!
이응식은 범의 앞발에 찍혀 벗겨진 사타구니 사이 나무줄기
껍질을 바라보며 떨고 있다.
털썩! 하는 둔탁한 소리에 나무 밑을 내려다보니, 어린 범이
떨어져 죽어있다.
바우가 어린 범의 시체로 다가와 냄새를 맡는다.

이응식　　　흐미!

이응식은 오른팔을 흔들어 박영일에게 괜찮다는 신호를 보낸다.

29. 인왕산 공터 / 오후 ➡ 저녁

죽은 식인 범 모자의 사체가 한 곳에 모여 있다.
이응식이 두 마리의 범을 이리저리 살펴보고 만져본다.
좀 떨어져 있는 박영일의 눈에는 늙은 암범의 잘린 꼬리와 몸에 나
있는 많은 상처, 오래된 듯한 어깨의 총상 등이 보인다.
김세영은 누런 광목 포로 덮여 있는 어머니의 시신 옆에서 울고
있다.
바우는 김세영 옆에 엎드려 눈만 껌뻑이고 있다.
늙은 암범의 눈 Close-Up.

이응식의 손가락이 늙은 암범의 눈꺼풀을 벌린다.
백내장에 걸려있는 듯 눈동자에 허연 막이 끼어 있다.

이 응식 **(박영일에게 다가오며)** 저 늙은 암범은 사람을 어지간히 잡아묵었나 봅니다.
짠 사람 고기 때문에 눈깔이 허여네요.

김 세영 당신들 때문이야. 당신들 때문에 범이 우리 엄마를 죽였어. 인왕산에는 몇 년 동안 범이 없었단 말이야.

이응식이 박영일의 눈치를 살핀다.

박 영일 그래! 금강산에서 사람을 해치던 놈들인데 보름 동안 우리를 피해서 이리 도망쳐 왔으니까 그 말도 틀리지 않는다.

성난 김세영이 어금니를 꽉 물고 박영일에게 돌을 집어 던진다.
돌이 박영일을 살짝 비껴간다.

이 응식 형님! 저는 빨리 산을 내려가서 일꾼을 모았으면 하는데... 너무 늦으면 일이 힘들잖소?

박 영일 그래! 저 애도 데리고 내려가라.

김 세영 누가 애야? 우리 엄마 내두고 난 어디도 안가.
우리 엄마 살려내란 말이야.

이 응식 하고! 참. **(박영일에게)** 다리도 다쳐놔서 데리고 내려가려면 너무 늦지 싶은데요.

박 영일　　알았다. 일꾼이 많이 필요하다.

이 응식　　예! 알죠.

(김세영을 흘끔 살피며 박영일에게 작은 목소리로) 근데 괜찮겠어요? 오래 걸릴 텐데... 성격이 우악스럽네요.

박 영일　　어머니가 돌아가셨잖아. 빨리 출발해.

이 응식　　네! 그럼 후딱 갔다 올 테니 고생하소.

> 이응식이 잰걸음으로 뛰어가자 바우가 고개를 들고 귀를 쫑긋거린다.
> 김세영은 박영일을 계속 노려본다.
>
> **시간 경과 – 저녁**
> 바우 얼굴 C/U. 바우는 앞발에 머리를 묻고 이맛살을 찌푸린다.

김 세영　　(OFF) 이 나쁜 놈. 죽일 놈. 우리 엄마 살려내란 말이야. 죽어라 이놈. 이 죽일 놈.

> 바우의 얼굴 Cut에서 김세영의 목소리와 막대기를 휘둘러 패는 소리가 난다.
> 지친 김세영의 숨소리.

박 영일　　(OFF) 이제 속이 후련하냐?

> 박영일의 목소리에 바우가 고개를 들어 박영일을 본다.
> 박영일은 바우 옆에 앉아있고 김세영은 죽은 암범 곁에 굵은

> 나뭇가지를 들고 씩씩거리며 서 있다.

김 세영 아직 멀었어요.

> 다시 나무를 쳐들어 내리치려는 김세영.

박 영일 그 늙은 암범도 다른 수가 없었을 거다.

> 나뭇가지를 내리고 박영일을 돌아보는 김세영.

김 세영 그게 무슨 말이에요?

박 영일 그 녀석 몸에는 사람이 놓은 덫에 입은 상처나 총에 맞은 오래된 상처들이 많다. 그 몸으로는 산짐승들을 잡아 살아갈 수가 없지.
그런 녀석들은 사람에게 앙심을 품어 인가를 습격하는 식인 범이 되는 거다.
어린 새끼는 당연히 어미를 따라 사람 고기에 맛을 들이는 것이고.

김 세영 그래서요?
우리 엄마가 덫이라도 놨다는 거예요?

박 영일 아니다. 식인 범을 만든 게 사람이라는 거지.
원래 범은 늙고 병들어도 사람을 먹잇감으로 생각하지 않아. 굶어서 이리떼에 물려 죽는 한이 있더라도.

김 세영 그럼 우리 엄마는 누구 때문에 죽은 건데요?

박영일은 계속 노려보는 김세영의 눈을 피한다.
김세영은 분한 표정으로 결국 두 눈에서 눈물을 쏟는다. 김세영은 우는 소리를 삼키며 고개를 숙이고 소매로 눈물을 닦는다.

이 응식 (OFF) 형님 나 왔소. 오래 기다렸지요?

어두운 산길에 이응식의 모습이 보인다.
그의 뒤로 땅딸막한 일꾼 10여 명이 따라오고 있다.
몇몇은 굵은 새끼줄을 들고, 몇 명은 빈 지게와 거적을 메고 있다.
횃불을 든 사람도 몇 보인다.
바우는 다시 앞발에 머리를 묻고 눈을 감는다.

30. 종로 거리 / 낮

1918년 종로 거리의 모습은 무척 이채롭다.
넓고 확 트인 거리에 현대적인 발전상과 예스러운 문화가 같이 공존하는 모습이다.
기와가 얹힌 조선식 유기 만물상이나, 잡화상 사이에 비집고 서 있는 2~3층 건물도 눈에 띈다.
촘촘히 늘어서 있는 전신주의 늘어진 전선이 정신없고, 도로 위에 깔린 선로 위로는 작은 전차가 서서히 달리고 있다. 전차와 함께 우마차, 소달구지, 인력거도 보인다.
하얀 저고리와 두루마기에 갓을 쓴 행인들이 많지만, 옆구리에 칼을 차고 자전거를 타고 가는 순사도 있다.
종로 거리는 시장처럼 북적거린다.
길거리에 곡식을 내놓은 미곡점이며 양화점에 포목점, 그리고

> 나귀를 끌고 땔감을 파는 나무장수 소년, 엿을 파는 소년까지
> 활기가 넘친다.

31. 한약방 내부 / 낮

> 한약방의 마루처럼 만들어진 방 건너 뒤쪽, 여닫이문 너머의
> 공간에서 사람들 일하는 소리가 들린다.
> 미닫이문의 유리 사이로 밝은 햇빛이 들어와 한약방 내부를
> 밝히고 있고 거리의 활기가 한약방 안에서도 느껴진다.
> 방안에는 많은 약 서랍이 달린 이 층 약농**[籠]**과 약장들이 빼곡히
> 들어서 있고, 벽에는 약초를 담은 봉투들과 새끼에 묶인 약초들이
> 주렁주렁 달려있다. 혈과 인체의 부위별 명칭과 설명을 담은
> 조잡한 그림도 벽에 붙어있다.
> 60cm 높이의 마루처럼 높여진 방위에 앉아있는 박영일.
> 옆엔 거친 광목에 싸여있는 엽총이 놓여있다.
> 이응식은 처음 와본 곳이라 두리번거린다.
> 바우는 마루 밑 흙바닥에 앉아 있다.
> 중국인 한약방 주인은 방안 가운데 오래된 평좌용 경상 위에
> 장부와 주판을 놓고 계산하고 있다.

약방주인 이번 건 천 환밖에 못 준다.

이 응식 에? 천 환이라고? 범을 두 마리나 갖다줬는데 천 환이라?

약방주인 일꾼도 많이 썼잖아. 그리고 늙은 놈은 가죽을 못 써. 너무 상처 많아. 가치 없어.

이 응식 그렇다고 천 환이라니? 형님 안 한다 그러소.

개성이나 평양 가면 더 받을 수 있을 거요.

약방주인 (박영일에게) 그러려면 며칠간 우리가 일한 값하고 일꾼들 수당까지 오백 환 내놓고 가져가야 해.

이 응식 오백 환? 그깟 일에 오백 환? 에라 이 도둑놈아.

약방주인 뭐야?

박 영일 아아! (약방주인을 진정시키고 이응식에게) 넌 왜 이렇게 나서? 잠자코 있어.

이 응식 하지만 형님. 죽을 뻔해서 잡은 놈들 아니요?

약방주인 범 잡아 오는데 죽을 뻔하지 않은 놈 있어? (박영일에게) 박 포수! 몇 년 만에 와서 왜 저런 놈을 달고 다녀?

박 영일 (웃으며 분위기를 바꾼다.) 하하! 미안해. 그럼 천 환에 하지.

이 응식 한성 인심 무섭네. 일본 순사가 따로 없어.

약방주인 다른 데 가 봐. 우리가 제일 비싸게 사줘. 우리 집에서 일본으로 호피나 호골, 고기들을 보내거든.

> 약방주인은 옆에 놓여있던 휴대용 각게수리**[나무로 짜인 작은 금고]**를 끌어와 자물쇠에 열쇠를 꽂아 돌린다.

박 영일 요즘도 일본으로 많이 나가나?

약방주인 (돈뭉치를 꺼내 세기 시작 한다.) 에. 아니! 이젠 끝났어. 재작년만 해도 한해 조선범이 일본으로 300마리 나갔어. 근데 이제 조선에는 범 씨가

	말랐어. 한 해에 몇십 마리밖에 안 잡혀. 박 포수도 다른 일해.
박 영일	그렇군. 나도 사람 물어가는 범 소식을 이제 거의 못 들으니까.
약방주인	사람이 뭐야? 조선 범은 이제 산속으로 도망 들어가서 안 나온대. 조선 영물이 대일본제국에 쫓겨 끝장이 난거지.
이 응식	아이 씨! 어느 놈들이 그딴 소릴 해?
약방주인	너같이 범잡이로 먹고사는 놈들이 그런다. 이놈아. (이응식에게 돈뭉치를 던진다.) 옜다! 천 환. 맞는지 세어봐라.
이 응식	(돈뭉치를 널름 받고 박영일에게) 형님! 이런 소릴 듣고 가만있소?
박 영일	좀 씁쓸하기도 하네.
약방주인	하여튼 일본 놈들은 조선인이 좋아하는 건 다 씨를 말려. 조선범이 어디 사람을 많이 해쳤나? 이리나 곰한테 사람이 더 많이 죽지. 범은 조선의 영물이니까... 그리고 뭐 조선범 가죽이 자기 나라 젊은이들 사기 진작을 시킨다나... 쳇! 전쟁에 미친 놈들.
이 응식	아니! 진짜 딱 천 환이네. 박하다 박해. 투전판에도 개평이 있는데 범 두 마리 값이 너무 박한 것 아니요?
약방주인	아 참! 그놈 귀찮게 하네.

박 영일	(일어서려고 준비한다.) 자 그럼.
이 응식	아니 그놈들 때문에…
	(자신의 가랑이를 꽉 쥐어 보인다.)
	이…! 내 사타구니 두 쪽이 날아갈 뻔했단 말이요.
	그리고 이번이 마지막 범 잡인데 좀 더 쓰쇼.
약방주인	응? 박 포수! 정말인가? 범잡이를 그만둬?
박 영일	(미투리를 신다가…) 뭐! 범도 없고 이제 이력도 나고…
이 응식	것 보슈. 이게 우리 밑천이라니까.
약방주인	참 시끄럽네.
	(이응식에세 돈 한 장을 건네준다.)
	야야! 내 인심 쓴다.
	(좋아하며 넙죽 받는 이응식.)
	(박영일에게 바짝 다가와 앉는다.)
	그럼 박 포수. 내 부탁 하나 하자.
박 영일	부탁?
약방주인	그래! 딱 범 한 마리만 더 잡아줘.
	그리고 일을 그만둬라.
박 영일	난 아무 범이나 안 잡잖아.
약방주인	아! 그놈도 식인 범이다. 인축을 엄청나게 해쳤다고 하네. 여기까지 그놈 악명이 자자해.
	일본 놈들은 시로오니[**白鬼:しろおに 백색귀신**]라고 하던데.
박 영일	시로오니?
약방주인	그래 백색 귀신이란 말이야. 백두산에 엄청난

백호가 있다니까.

박영일은 놀란 표정으로 약방 주인의 얼굴을 뚫어지라 쳐다본다.

32. 종로 거리 / 낮

광목으로 두른 엽총을 들고 박영일은 종로 거리를 걷고 있다. 바우도 옆에서 따라 걷는다. 흥분한 이응식이 박영일을 앞질러 막아선다.

이 응식　　형님! 어쩔 겁니까?

박영일은 아무 대꾸 없이 생각에 잠겨 있다.

이 응식　　뭘 생각합니까 형님. 범 한 마리에 2만 환이나 준답니다. 뭐 흰색 범이라고 다릅니까? 그놈도 총알 맞으면 죽지 않겠소?

박영일이 걸음을 멈춘다.

이 응식　　형님! (잠깐 박영일의 눈치를 살핀다.) 갈 거지요? 이번을 마지막으로 합시다. 그놈만 잡으면 팔자 피는 것 아니요?

박 영일　　내일 아침에 용산역에서 신의주 가는 열차가 있을 거야. 그걸 타자.

이 응식　　(펄쩍 뛰며 좋아한다.) 아이고 그럼 그렇지.

기차도 타보게 생겼네. 하하!

박 영일 그 전에 심부름 좀 하나 해야겠다.

이 응식 아유. 그럼요. 말씀만 하세요.

박 영일 너. 그 김세영이라는 여자아이 집 알아 뒀지?

이 응식 예! 엊그제 일꾼들이랑 걔 어머니 시신을 모셔다 주고 왔지요.

박 영일 (돈뭉치를 내민다.) 그럼. 이걸 전해 주고 와라.

이 응식 이 돈을 뭐 할 라고요? 아! 부조금이요? 뭐 그런 걸 신경 씁니까? 그것도 팔자지요.

박 영일 잔말 말고 갔다 와.

이 응식 인왕산 밑이라 꽤 걸릴 텐데요.
(돈뭉치를 살핀다.)
어이구! 이렇게 많이요?

박 영일 내 몫에서 주는 거니까. 걱정 마라.

이 응식 (마지못해 대답한다.) 예!

> 계속 길을 가는 박영일. 이응식은 그런 박영일의 뒷모습을 잠시 바라보다 등을 돌린다.

이 응식 (돈뭉치를 반으로 나눈다.)
참 내! 부조금으로 뭐 이리 많이 낸대?

> 이응식은 돈뭉치의 반은 바지춤에, 반은 가슴속에 넣고 신이 나서 뛰기 시작한다.
> 길을 걷는 박영일의 표정이 굳어있다.

약방주인 (V.O) 그 시로오니가 백두산 주변에서 해친 사람이나 가축이 수도 없대.
눈처럼 하얀 놈 머리에 검은 줄무늬로 왕대[王大]라고 쓰여있어서 그 일대에선 그놈을 모르는 사람이 없어. 조선범 잡아들이는 데 혈안이 돼 있는 일본 놈들이 중앙경시청에서까지 발 벗고 나서서 그놈을 잡으려고 했지만, 얼마나 신출귀몰한 지 포수 수십 명이 백두산에 들어갔다 나오질 못했대.
이마에 세로로 길게 흉터가 있다는데 정말 그놈 소식을 몰랐어?
여기 경성에도 소문이 파다한데...
그놈만 잡아다 줘. 그럼 내가 평생 호강할 만치 값을 쳐줄게.

박영일 (V.O) 심영감님!

> 박영일 옆을 따라 걷는 바우가 걱정스러운 듯 주인을 올려본다.
> 주변 종로 길은 복잡하고 활기 넘친다.

33. 김세영의 집 / 오후

> 인왕산 밑. 판자와 초가가 반쯤 섞여 있는 김세영의 집.
> 담도 없고 마당이라고 할 만한 공간도 없는 곳으로 이응식이 빠끔히 고개를 들이민다.
> 이응식이 마당으로 들어서서 서성이는데, 부엌문이 열리고 김세영이 술과 안줏거리가 차려진 작은 소반을 들고나온다.

김세영은 소반을 든 채로 그 자리에 멈춰 선다.

이 응식　　바쁜가 보네?

김 세영　　무슨 일이에요?

이 응식　　초상집에 곡소리도 없고...

김 세영　　곡소리는 무슨... 오늘내일 먹고 살기도 힘든 판에.

그때 방문이 벌컥 열린다. 방안 투전판의 시끄러운 소리와 꽉 차 있던 담배 연기가 흘러나온다.
방안에는 5~6명의 남자가 모여 있고, 40대의 험상궂게 생긴 남자가 문지방에 팔을 기대고 김세영을 노려본다.

외삼촌　　(소리를 버럭 지른다.) 뭐 하느라고 이렇게 꾸물대?

김세영은 아무 대꾸 없이 소반을 방문 안으로 들여놓는다. 외삼촌 재만은 이응식을 노려본다.

외삼촌　　뉘쇼?

잠시 망설이는 이응식.
김세영이 끼어들어 건성으로 대답한다.

김 세영　　아무도 아니에요.

김세영이 방문을 닫으려 하자 외삼촌 재만이 방문을 손으로 막고 쭈뼛거리며 서 있는 이응식을 계속 노려본다.

투전꾼 아! 재만이 뭐해? 죽을 거여 살 거여?

방안 투전꾼들이 재촉하는 목소리에 재만은 이응식을 못마땅한 표정으로 노려보며 방문을 닫는다.

이 응식 누구냐?
김 세영 외삼촌이요. 근데 여긴 왜 왔어요?
이 응식 응! 아 ~ 우리 형님이 부조하고 오라고 해서...
자 여기.

이응식이 바지춤에서 꺼낸 돈뭉치를 김세영 앞에 내밀지만, 김세영은 선뜻 손을 뻗지 않는다.

이 응식 받어. 형님도 죄스러워서 이렇게 날 보냈으니까.
어여.

김세영이 돈을 확 낚아채어 주머니에 넣는다.

이 응식 그래도 어머니 돌아가신 상 집인데...
그 돈으로 조등**[弔燈]**도 해 달고, 좋은 오동 나무관이라도 짜드려야지.
김 세영 이런 세간... 묻힐 땅도 없는데 뭔 관? 어제 벌써 화장해서 청계천에 뿌려드렸어요.

이 응식 그런가? 그럼 향 올릴 곳도 없겠구먼.
(멋쩍어하며 머리를 긁다가)
아! 우린 내일 백두산으로 갈 것이다.
거기도 사람 잡아먹는 범이 있다 해서 형님과
내가 잡아주러 가는 것이지.

김 세영 백두산?

이 응식 그래! (신이 나서 얘기한다.)
경의선 타고 신의주로 가서 백두산으로 갈
참이지. 그놈만 잡으면 팔자를 필 수 있다고.

김 세영 좋겠네요.

이 응식 좋긴 뭐... 아무튼... 잘 살아라.
좋은데 시집가고.

> 서둘러 자리를 떠나는 이응식의 뒷모습을 바라보며 서 있는
> 김세영.
> 등 뒤로 방안에서 떠들어 대는 투전판 남자들의 목소리가 들린다.
> 김세영은 주머니에서 방금 받은 돈뭉치를 꺼내 잠시 본다. 그리곤
> 허름한 집을 한차례 훑어보는데 눈물이 맺힌다.

34. 용산역 / 아침

> 두 개의 건물이 대칭으로 세워져 있는 특이한 모습의 용산역은
> 아침부터 많은 사람으로 분주하다.
> 엽총을 광목 포로 둘둘 감아 총의 모습을 감춰 들고 있지만,
> 풍산개 바우의 동행과 박영일, 이응식의 복장은 그 들을
> 사냥꾼으로 보이기에 충분했다.

플랫폼을 따라 박영일 일행은 기차의 뒤 차량 쪽을 향해 걷는다.

35. 객차 내부 / 아침 ➡ 밤

객차 내부로 들어와 중간 통로를 가로질러 걸어가는 박영일 일행을 보고 몇몇 승객들이 개를 데리고 열차에 탄 것에 대해 불평을 늘어놓는 표정과 대사가 간간이 들려온다.
다음 칸으로 이동하기 위해 객차 사이를 연결하는 문을 열자 이전의 승객들이 타고 있는 객차와는 다른 모습의 칸이다.
승객들이 앉을 수 있는 의자를 6개 정도만 남겨 놓고 모두 들어내어, 뒤쪽으로는 큰 나무 상자들이 꽉 들어차 시붕까지 닿아있다.

이 응식　　여기도 괜찮네요.
박 영일　　그래! 바우를 데리고 탔으니 이 정도는 양반이지.

바우가 박영일을 올려본다.

이 응식　　16시간이나 걸린다고요?

박영일은 별 대꾸 없이 자리를 잡고 앉는다. 이응식도 짐을 내려놓고 앉는다.

이 응식　　그 시간 동안 뭘 한대요? 잠만 자기도 지겹겠네요.
박 영일　　어제 부조는 잘했냐?

이 응식　　예? 아! 잘 전해 줬지요.

박 영일　　그 아이는 괜찮더냐?

이 응식　　그 김세영이라는 여자아이요? 씩씩하던데요. 울지도 않고.

박 영일　　그래?

이 응식　　집안 꼴을 보면 어미 죽었다고 마냥 울고 있을 처지도 아니요. 집안일하고 끼니 걱정도 많이 되겠던데.

> 출발을 알리는 열차 기적 소리가 들린다. 이응식은 신나서 창밖으로 고개를 내민다.

이 응식　　와! 시꺼먼 연기가 펄펄 나네요.
(서서히 바퀴가 구르기 시작한다.)
간다 간다. 아이고 신기하네.

> 서서히 열차에 속력이 붙는데 갑자기 객차 문이 벌컥 열린다. 열린 문을 바라보는 박영일과 이응식. 바우가 꼬리를 흔든다. 문에는 선머슴 같은 복장을 한 김세영이 서 있다.

김 세영　　찾았다!

> **시간 경과 - 오전**
> 김세영은 몇 개째 삶은 달걀을 까먹고 있다. 앞에 껍데기가 수북하다. 박영일과 이응식이 난처한 표정으로 바라보고 있다.

김 세영　　(깐 삶은 달걀 하나를 박영일에게 내민다.) 정말 안 드실래요. 대장?

> 난처한 표정의 박영일.
> 이응식이 피식 웃다가 박영일과 눈이 마주치자 괜히 김세영의 손에 들려있는 달걀을 냉큼 받아 입안에 넣는다.

김 세영　　(보따리를 뒤적인다.) 그럼 오징어 드실래요? 어제 돈을 많이 보내셨더라고요.

이 응식　　(노른자를 튀기며 말을 내뱉는다.)
야! 너는 우리가 놀러 가는 줄 알아?
거기가 어디라고 따라와?

김 세영　　왜요? 제 돈으로 제가 기찻삯 내고 탔는데요.
저도 백두산에 가서 범 잡을 거예요. 돈 벌게요.

> 박영일이 이응식을 노려본다.

이 응식　　그... 그런 귀신 범이 미쳤다고 너 같은 계집애한테 잡혀 준대?

김 세영　　그런 아저씨는 총도 없으면서 무슨 큰소리예요?

이 응식　　야! 내가 왜 아저씨야? 그리고 범 사냥에 발짝꾼이 얼마나 중요한지 알아?

김 세영　　아저씨가 하면 저도 할 수 있어요. 발짝꾼이든 밥 짓는 일이든.

박 영일　　다음 역에서 내려. 집으로 돌아가.

김 세영　　싫어요. 저 집을 나왔단 말이에요.

이 응식 야! 네 어머니 돌아가신 지 얼마나 됐다고 집을 나와? 그래도 사십구제는 지내야지?

> 슬픔을 참으려는 김세영. 그래도 버럭 언성을 높인다.

김 세영 집에 가면 술꾼에 투전꾼인 외삼촌이 있단 말이에요. 오늘 아니면 내일 저를 늙은 일본놈한테 팔아 버릴 거라고요. 노름빚 대신 저를 그 늙은이한테 결혼시킨단 말이에요.
아저씨들이 그 범을 인왕산으로 몰아왔잖아요.
우리 엄마 죽은 것도 아저씨들 책임이 크잖아요.
저한텐 엄마밖에 없었다고요.
아저씨들 같으면 집에 있겠어요?

> 박영일과 이응식을 노려보는 김세영의 눈에서 금방이라도 눈물이 쏟아질 것 같다.
> 난처한 표정의 박영일과 이응식.
>
> **시간 경과 – 밤**
> 창밖으로 지나가는 풍경을 바라보고 있는 박영일의 옆 의자에서 이응식이 누워 자고 있다.
> 김세영은 나무상자 위에 모포를 깔고 자고 있다. 그 옆에 바우가 꼭 붙어있다.
> 잠시 후. 뒤척이던 이응식이 눈을 뜬다.

이 응식 (박영일에게) 형님은 잠이 안 와요?

(대답을 기대하지 않고 계속 말한다.)
아이고! 지겹네. 얼마나 더 남았을라나?

박 영일 거의 다 도착했다.

이 응식 (기지개를 켜다 김세영 쪽을 바라본다.)
그나저나 바우 저놈 웃기네요?
2년을 넘게 같이 다닌 저한텐 꼬리 한번 안 흔들고, 먹이도 안 받아 먹음서 세영이 옆엔 꼭 붙어 있소. 개지만 좀 섭섭하네요.

> 바우가 자신의 얘기인지 아는 양 박영일과 이응식을 쳐다본다.

박 영일 (웃으며) 네 놈을 아직 도둑놈으로 생각하는 거지.

이 응식 아! 형님은 진짜. 그간 같이 지내왔으면서 아직도 그런 소릴 한다니까. 좀 고만하소.

박 영일 욱하기는...

이 응식 에이! 기분 상했소. 저 정말로 이번 백두산 범만 잡으면 손 놓을 거유. 한 몫 단단히 잡아서 어머니랑 호강하며 살랍니다.

박 영일 그래라.

이 응식 체!
(삐친 표정이다가 기분이 금방 풀린다.)
그나저나 눈알들이 시뻘게서 시로오니 잡으려는 포수들이 많을 텐데 우리가 갈 때까지 몸 성히 있으려나 모르겠소.

박영일은 어두운 창밖 풍경을 물끄러미 바라본다.

제 4장 다시 백두산으로...

36. 백두산 중턱 / 오후

꽹과리와 나팔소리가 산 전체를 울린다.
일행은 10명의 도토리 마을 조선인 몰이꾼과 2명의 일본인 경시**[警視:지금의 총경(總警)에 해당하는 경찰관의 직위]**, 짝눈이 이만호와 그의 동료 김영산, 강칠두, 그리고 이번 원정의 자금을 댄 일본인 재벌 군수업자 카토이사무**[加藤 勇:かとう いさむ]**이다.
이만호는 일본인 순사와 비슷한 복장을 하고 있다.
도토리 마을 몰이꾼들은 10m 정도 간격으로 퍼져서 산 위쪽으로 짐승을 몰고 있다.
일행의 양 끝쪽에 풍산개가 한 마리씩 목줄에 묶여 짖어 댄다.
몰이꾼 뒤에는 이만호, 김영산, 강칠두가, 그리고 그 뒤를 카토이사무가 일본인 경시 두 명의 호위를 받으며 따르고 있다.
일본인들과 이만호, 김영산, 강칠두 6명은 엽총을 한 자루씩 들고 있지만, 몰이꾼들은 꽹과리와 나팔을 들고 있거나 풍산개의 목줄을 잡고 있다. 나머지는 선창꾼의 짧은 창과 창꾼의 긴 창을 들고 있다.
도토리즙과 들기름을 먹인 기름 포를 두르고 있는 도토리 마을 몰이꾼들의 움직임은 둔해 보인다.
몰이꾼을 앞세운 일행들은 서서히 산 위쪽을 향해 이동하며 차츰 서로의 간격을 좁혀가고 있다.

Insert
나뭇잎 사이에서 푸른 에메랄드빛 눈동자가 시끄럽게 몰려오는
사람의 무리를 노려보고 있다.
눈동자는 최전방 몰이꾼 뒤에 쫓아오는 이만호의 엽총을
응시한다.
잠시 후. 사람 무리의 오른쪽 끝, 나팔을 불며 짧은 창을 들고 있는
선창꾼 쪽으로 시선을 옮긴다.
풍산개 한 마리가 있지만, 시선의 주인은 그쪽으로 이동한다.

나팔을 부는 선창꾼과 풍산개를 모는 몰이꾼 두 명의 간격은 5m.
계속 앞으로 이동하는데 갑자기 풍산개가 왼쪽 숲을 향해 미친
듯이 짖기 시작한다.
목줄을 잡고 있던 몰이꾼은 갑작스러운 풍산개의 발작에 줄을
놓쳐 버린다.
도망치는 개를 쫓으려다 숲속의 뭔가를 느끼고 뒤를 돌아본
몰이꾼은 시로오니**[백호]**와 눈이 마주친다.
순간 숲에서 뛰쳐나오는 백호.
몰이꾼은 뒤도 돌아보지 않고 “시로오니다. 시로오니.”를 외치며
대열을 이탈해 도망친다.
달려오는 백호와 마주 선 선창꾼이 어설프게 창을 날리자 공중의
창을 앞발로 쳐버리는 백호.
백호의 앞발이 선창꾼의 가슴팍을 후려친다.
뒤에서 상황을 지켜보던 일본인 경시와 카토가 무작정 엽총을
쏴대지만, 나무에 가리고 사격 솜씨가 좋지 않아 오히려

몰이꾼들에게 더 위험하다.

이 만호 **[일어]** 중지하십시오. 사격을 멈추세요.

2명의 일본인 경시는 사격을 멈췄지만, 카토는 더 좋은 사격 포인트를 잡기 위해 앞으로 달린다.
김영산과 강칠두가 카토의 뒤를 따른다.
몰이꾼 무리는 백호의 등장으로 흐트러지고 혼란스럽다.
그중 긴 창을 든 창꾼이 달려드는 백호의 가슴팍을 겨냥해 빠르게 창을 뻗는다.
하지만 백호는 자신의 가슴으로 파고들어 오는 긴 창을 공중에서 앞발로 후려쳐 분질러버린다.
백호의 앞발 힘에 창꾼은 땅바닥에 나동그라진다.
이만호가 쏜 엽총 탄환이 백호의 오른쪽 나무, 머리 높이에 박힌다. 계속 창꾼을 공격하려던 백호는 주춤하며 이만호를 노려본다.
이만호가 서둘러 재장전하고 총구를 올리려고 할 때, 백호는 산 아래쪽으로 도망친다.
나무들 때문에 사격이 곤란한 이만호. 총구를 내리는데 자신을 지나쳐 백호를 쫓는 카토를 발견한다.
카토는 자신과 백호 사이에 허둥대는 몰이꾼들이 있다는 것엔 아랑곳하지 않고 바로 무릎을 꿇어 사격 자세를 취한다.

카토의 시선 – 가늠쇠와 총구가 흐릿하게 보이는 1인칭 시점의 시선. 빽빽한 나무 사이로 간혹 보이는 백호의 흰색 몸통을 쫓아 방아쇠를 당길 기회를 찾는다.

이 만호 **[일어]** 안돼!

김 영산 (카토의 엽총으로 손을 뻗는다.)

안 돼요!

> **카토의 시선** - 백호의 도주 방향을 훑던 가늠쇠와 총구 앞으로 몰이꾼 중 한 명의 얼굴이 확 끼어든다.

SE 탕!

> **시간 경과**
> 카토와 일본인 경시 2명은 바위 턱에 앉아 조선인들 간의 언쟁을 지켜보고 있다.
> 백호에게 다친 선창꾼과 카토의 총에 어깨를 맞았던 몰이꾼은 부상이 심하다.
> 6명 몰이꾼은 이만호와 김영산 강칠두를에게 불만을 토로하고 2명의 몰이꾼은 2명의 부상자를 돌보고 있다.

몰이꾼 1 (나이가 50쯤 되어 보이는 연장자) 내 말 했지 않니? 백호는 사람이 잡을 수 있는 기 아니야. 우린 여기서 내려 가겠어.

김 영산 지금 이러면 어케 합네까? 이제 이놈도 많이 지쳤습네다.

몰이꾼 2 이 ~ 이러다 정말 몇 명 황천길로 보내지... 벌써 6명째 아닌가?

몰이꾼 3 맞다! 이젠 저 미친놈까지 사람한테 총질을

해대니...

| 무리는 쉬고 있는 카토와 경시를 잠깐 노려본다.

이 만호 젠장! 그깟 범이 뭐가 그리 무서워? 이제 거의 잡을 수 있단 말시.

몰이꾼 4 벌써 며칠째 그 말뿐이네? 그동안 우리가 몇 번을 몰아줬는가? 긴데 총구멍 6개가 그 큰 범을 한 방도 못 맞췄잖네?

몰이꾼 3 이러다 우리 다 죽는다이.

강 칠두 시로오니만 잡으면 사례는 두둑이 챙겨 준다 하지 않았습니까.

몰이꾼 2 두둑은 무신. 다쳐 병신 되면 겨우내 가족들 다 굶는 기야. 자! 빨리들 내려 가자우.

이 만호 지금 여기서 내려가면 이제까지 몰이꾼 수당도 없어.

| 몰이꾼 일행은 잠시 주춤거린다.

몰이꾼 1 뭐라?

몰이꾼 2 닷새간 몰이 수당이 없다?

이 만호 그래 돈 한 푼 못 받는 기야.

몰이꾼 3 에라이~ 나쁜 놈!
일본 놈보다 더한 놈일세.

몰이꾼 2 하루하루 일당 후하게 쳐준 다서 두령님도 속이고 며칠을 죽을 고생 했는데...

	이제 와 돈을 못 주겠다고?
이 만호	일본 놈들한테 시로오니를 잡아 바쳐야 돈이 나오는데 나라고 방도가 있간?
몰이꾼 1	기럼 왜 첨엔 그 얘기를 안 했네? 이 나쁜 놈아.

> 카토와 두 명의 경시들이 옥신각신하는 이만호와 몰이꾼들을 멀찍이 떨어져 바라보고 있다.

카토이사무	**[일어]** 저놈이 정말 이 근방에서 범 사냥을 제일 잘하는 사냥꾼이 맞는가?
경시 1	**[일어]** 예! 저놈이 몇 년째 꼬박꼬박 범을 잡아 저희 관사에 바치고는 있습니다.
경시 2	**[일어]** 지금도 시로오니를 잡아 순사 자리라도 얻어 볼까 하고 혈안이 돼 있으니 걱정 안 하셔도 될 겁니다.
카토이사무	**[일어]** 아니 조선인에게 순사 자리를 준단 말인가?
경시 1	**[일어]** 하하! 정말 순사 자리는 어림없죠. 관청에 소속되는 조선인 정돕니다. 손 더러워질 일도 마다하지 않는 놈이니 쓸모는 있겠지만, 그것도 시로오니를 잡았을 때 얘기지요.

> 그때 화를 내던 몰이꾼들이 결국 이만호에게 삿대질과 욕설을 퍼부으며 자리를 떠난다. 몇몇은 다친 사람을 부축한다. 강칠두가 면목 없다는 표정으로 카토 일행 쪽을 쳐다본다.

카토이사무 [**일어**] 저런 놈들 데리고 어디 시로오니라는 놈을 잡기나 하겠소?

경시 2 [**일어**] 죄송합니다. 회장님께서 조선범 소탕 사업에 대해 말씀하셨을 때 이 백두산 시로오니가 정말 적합한 범이라고 생각됐는데...

카토이사무 [**일어**] : 그건 맞지만, 저 조선 놈들이 문제잖소. 멀쩡한 조선 놈도 신임이 안 가는데 눈 한 짝 안보이는 놈이 정말 시로오니를 잡을 수나 있겠냔 말이요.

경시 1 [**일어**] 죄송합니다. 따끔하게 혼을 내서 정신 차리게 하겠습니다.

카토이사무 [**일어**] 참! 힘들구먼. 오늘은 그만 내려가지. 다리도 아프고.

> 일어서는 카토를 경시 1, 2가 부축한다.
> 강칠두가 이만호의 어깨를 툭툭 친다.
> 이만호는 신경질을 내며 강칠두의 손을 뿌리친다.

강 칠두 야! 만호야. 저놈들 내려갈려나 보다. 이제 어떻게 해야 하는가?

> 돌아보는 이만호의 눈에 자리를 뜨고 있는 카토의 모습이 보인다.
> 경시 2는 카토를 부축하고, 경시 1이 이만호에게 오라는 손짓을 까닥거린다.
> 이만호는 이내 유순한 표정으로 경시 1에게 달려간다.

37. 백두산 숲속 / 늦은 오후

어둑어둑해지는 숲길을 걷고 있는 백호. 아비인 산군과 비교해도 손색이 없는 몸집이다.
숨을 헐떡이며 걷는 백호.
쉴 곳을 찾아 두리번거리다가 허연 자작나무 앞에 멈춰 선다.
갑자기 긴장하며 자작나무 줄기를 살피는 백호.
붉은 갈색의 뻣뻣한 털이 나무줄기에 드문드문 박혀있고 2m가 넘는 높이에 큰 짐승의 발톱 자국이 나 있다.
오른쪽 발톱 자국을 유심히 살피는 백호.
깊게 패어있는 6개의 기다란 줄.
백호는 흥분하며 온 산을 울릴 정도의 커다란 포효로 경고한다.

38. 곰 굴 입구 / 늦은 오후

굴을 찾아 들어가려는 120관**[480Kg]**이 넘는 늙은 만주 불곰 육손이의 귀에 범의 경고 소리가 들린다.
두 발로 벌떡 일어선 육손이의 키는 2.6m가 넘는다.
육손이도 백호의 경고 소리에 응대해 준다.
엄청난 두 포식자의 엄포에 산 전체가 숨을 죽인다.

39. 숯 굽는 염씨의 작업장 / 저녁

백두산 향도봉 밑. 1200m 부근의 숯 굽는 작업장.
3개의 작은 흙 가마 옆에 나뭇단이 쌓여있고 주변에는 판자로 만든 창고와 허름한 막사가 있다.

> 염씨의 아들 염종일**[32세]**은 도끼로 나무를 패고 있고, 염씨는 3개의 흙 가마 중 숯을 꺼낸 가운데 가마의 입구에서 쇠갈고리로 재를 긁어내고 있다.
> 가마 안은 아직 벌겋게 달아 올라있어 두꺼운 천으로 얼굴을 가린 염씨의 얼굴 주위로 쌀쌀한 가을 저녁 백두산 날씨에도 땀이 뚝뚝 떨어져 내리고 있다.
> 가마에서 좀 떨어진 공터에는 여러 명이 앉아 쉴 수 있을 만한 넓이의 평상이 있는데, 평상 가운데 박혀있는 굵은 나무 말뚝에는 겨우 기어 다니기 시작하는 갓난쟁이가 평상 밑으로 떨어지지 않을 만큼 길이의 노끈으로 허리가 묶인 채 혼자 놀고 있다.
> 잠시 도끼를 놓고 쉬려는 염종일이 길 아래서 올라오는 사람들을 발견한다.

염 종일 어? 아바지. 저기 누가 오는데요.

염씨 뭐야? 누가 이 시간에 여길 오간?

> 염씨는 일손을 놓고 땀을 닦으며 길 밑을 바라본다.
> 어두워 얼굴을 확인할 수는 없지만, 3명의 사람이 숯 굽는 작업장 쪽으로 다가오고 있다.

염씨 게 뉘기요?

박 영일 염씨 아저씨 접니다. 영일이요.

염씨 (기억을 더듬는다) 영일이?

> 염씨보다 아들 염종일이 박영일을 더 빨리 기억하고 반갑게 뛰어나가 맞는다.

염 종일 영일이 형. 영일이 형.

염씨 아니! 영일이? 그 영일이란 말이가?

염종일의 손에 이끌려 일행이 가마 쪽으로 다가와서야 염씨는
가마의 불씨 덕에 얼굴을 알아본다. 박영일 뒤로 이응식과
김세영이 따라오고 풍산개 바우도 보인다.

박 영일 안녕하셨어요?

염씨 정말 영일이가 맞구먼 기래.
이게 얼마 만이가?

반갑게 박영일을 맞는 염씨와 염종일 뒤에 이응식과 김세영이
어색하게 서 있다.

시간 경과

일행들은 평상 근처에 모닥불을 피우고 둘러앉았다. 모닥불 위에
걸려있는 큼지막한 솥에선 구수한 된장찌개가 끓고 있는데 염씨의
아들 염종일이 작은 옹기에 된장찌개를 퍼 나눠주고 있다.
숯가마 중 하나에는 아직 불을 때지 않은 나뭇단들이 쌓여있고
입구를 반쯤 막아 놓은 가마에서는 불길이 입구로 비어져 나오며
널름거리고 있다.
재를 긁어낸 가운데 가마에선 이응식이 벌건 불씨 사이에서 잘
구워진 고구마를 꺼내 나무판자에 얹고 모닥불 쪽으로 가져온다.
이응식이 다가오자 일행들은 한바탕 웃음을 터트린다.
이응식은 뭔가 심상치 않음을 느낀다.

김 세영　　응식이 아저씨가 대장 돈 훔쳤다가
잡혔다면서요?

이 응식　　(박영일을 노려본다) 아 참. 형님도 어느 때
보면 정말 입 싸다니까. 고구마 가지러 간 지
얼마나 됐다고 그새 그 얘기를 하요?

박 영일　　물어보는데 어떻게 하냐?

김 세영　　이리떼에 쫓겨 나무 위로 올라가서 사람
살리라고 엉엉 울었어요?

이 응식　　(김세영을 노려보며) 편찮으신 어머니 봉양할
일이 그것밖에 없었다. 됐냐?
(박영일에게) 그 얘긴 고만 좀 하소. 벌써 2년이
넘게 지났네. 참말로.

염씨　　이리떼도 무시 못 하지. 어떨 땐 범보다
무섭다이.

이 응식　　말 마십쇼. 이리떼가 그래도 낫습니다.
형님이 쏜 총소리에 이리떼들이 다 도망가서
나무를 내려왔더니 저놈의 바우라는 놈이
물어뜯기 시작하는데...
형님은 말리지도 않고 물건만 챙기고
있더라니까요.

> 김세영 옆의 바우가 한번 컹~ 짖는다.

김 세영　　(바우를 한번 쓰다듬으며) 그래 잘했어. 바우야.

이 응식　　(바우를 쏘아보며) 저 나쁜 놈.

2년 동안 내가 얼마나 잘해줬는데.
너한테 물린 종아리가 아직도 쑤신다. 이놈아!

염씨　(**바우를 살피며**) 저 녀석이 바운가? 이리 씨가 맞긴 맞는가 보구만 기래.

박 영일　예! 보통 풍산개하곤 다른 것 같아요.

이 응식　이놈이 이리라고요?

염씨　완전 이리는 아니고, 이 녀석 애미가 수컷 이리랑 눈이 맞아서 새끼를 낳았어.
우리 집에서 4마린가를 낳았는데 심영감이 팔라고 해서리 내가 그냥 드렸지.

박 영일　(**심영감 얘기에 표정이 바뀐다.**) 그런데 심영감님은요?

염씨　(**표정에서 웃음이 가신다.**)
아! 그 일 자네는 모르겠구나.
거 뭐시냐... 심영감이 새끼 백호를 키우고 있었던 거는 알고 있지?

박 영일　예 알고 있죠.

염씨　그게 자네가 떠난 해 겨울이었던가?
심영감이 숯 가지러 온다는 게 며칠이 지나도 안 와서리 내가 자네 집까지 찾아갔지 않겠니. 내가 가봤을 땐 끔찍했어야.
아니... 내레 심영감한테 노상 얘기했었다이.
범 새끼 키워봐야 우환밖에 더 있겠냐고, 얘기를 귓등으로도 안 듣더니만.

잠시 얘기에 뜸을 들인다.

> 이응식과 김세영까지 숨을 죽이고 얘기를 듣고 있지만, 염종일은 군고구마를 맛있게 먹고 있다.

염씨 심영감은 죽어있고, 풍산개 어미도 죽어있드라마. 풍산개 새끼 중 한 마리는 없고 새끼 두 마리만 살아있었는데 그간에 곳간에 있는 곡식을 먹고 살았는지...
아무튼, 내 그 길로 새끼들을 데리고 도토리 마을로 줄행랑을 쳤지.

박 영일 백호가 그런 것이 확실합니까?

염씨 확실하지. 그럼 누가 그런 짓을 했갔네?
심영감은 분명 짐승한테 죽은 기야.

박 영일 백호가 왜 그랬을까요?

염씨 내야 모르지. 짐승 속마음이니까.
요즘은 그놈 목에 상금까지 걸려있다는 거 아이네.

이 응식 형님. 그 시로오니를 알고 있었소?

박 영일 그래. 새끼 때 내가 살려두었던 놈이지.

염씨 아! 그럼 그 백호가 예전 자네가 죽인 산군의 새끼라는 소문이 사실이구먼 기래?

박 영일 예! 맞습니다.

염씨 자네이 그 백호 소문을 듣고 그놈 잡으러 백두산으로 돌아온 기네?

박 영일 ...

염씨 참 기구하구만. 이거이 무슨 팔잔가?
처자식을 죽인 범 새끼를 살려 줬는데, 이젠 다시

죽이러 돌아오다니...

이 응식　　그건 또 무슨 소립니까? 형님은 뭐 그리 과거가 많소? 얘기 좀 해주소.

답답함에 보채는 이응식.
김세영은 얘기를 다 들었지만 모른 척 염씨의 손자를 안아서 달래고 있다. 아기는 김세영이 입으로 식혀주는 군고구마를 잘 받아먹는다.
염종일은 군고구마와 된장찌개를 다 먹고 트림을 한다.
박영일은 모닥불을 한참 쳐다본다.

40. 카토이사무의 관사 외부 / 밤

카토이사무의 관사는 소박해 보이지만 비싼 자재를 사용한 고급 2층 건물이다.
현관문에는 2명의 일본 순사가 근무를 서고 있었다.
1층과 2층에 모두 불이 환하게 들어와 있다.

41. 카토이사무의 관사 내부 / 밤

거실 한구석에 이만호가 잔뜩 군기 든 자세로 서 있다.
한쪽 벽에 일장기가 걸려있고 거실 가운데 소파 옆에는 추해 보이는 작은 표범 박제가 세워져 있다.
잠시 후. 2층에서 카토가 내려오는 소리가 들리자 이만호는 더욱 경직된 자세로 정면을 응시한 채 눈동자도 움직이지 않는다.
유카타**[일본의 전통의상]**로 갈아입은 카토는 게다**[일본식**

나막신]를 신고 내려와 움직임 없이 서 있는 이만호를 노려보며 소파에 앉아 표범 박제의 머리를 쓰다듬는다.

카토이사무 **[일어]** 지금까지 그 시로오니를 잡겠다고 얼마가 지출됐는지 아나?

이만호는 약간 쭈볏댈 뿐 대답하지 못한다.

카토이사무 **[일어]** 8만 원이 나갔다.
그 한 달 동안 자그마치 8만 원!
몰이꾼을 쓰자고 하면 쓰라고 했고, 덫을 놓고 기다리자고 하면 기다리라고 했다.
미끼로 쓴다고 송아지 5마리를 사줬는데 이리나 표범한테 갖다 바치고...
그러고도 네가 백두산 최고 범잡이란 소리를 할 수 있는가?

이만호는 움찔하지만 별다른 변명을 하지 못한다.
카토는 천천히 일어나 어슬렁거리며 말을 잇는다.

카토이사무 **[일어]** 러일전쟁이 끝난 지 10년이 넘었다.
조선 땅을 발판으로 대륙진출을 꿈꾸고 있는 이 중요한 때 대일본제국의 젊은이들은 지금 나태하고 해이해진 정신 상태에 빠져있단 말이다. 지금이야말로 대륙을 짓밟는 대일본제국의 모습을 대변해 줄 만한 상징이 필요한 때야. 백두산 시로오니가 딱 알맞은 상징물이란 말이다.
이 카토이사무님의 본국 정계 진출에 맞춰 언론과 여론의 관심을 끌어들일 막대한 임무를 너 같은 하찮은 조선 놈에게 맡겨 주었더니 일의 귀중도 모르고 망치려고 들어?

이 만호 **[일어]** 죄송합니다. 꼭 놈을 잡아 보이겠습니다.

카토이사무 **[일어]** (이만호의 얼굴에 바짝 다가와 말을 한다.) 그래! 그래야겠지.
네놈을 처음 만났을 때 네가 장담했던 말을 나는 잊지 않고 있다.
(더 굳어지는 이만호의 얼굴.)
아주 자신 있게 시로오니를 잡지 못한다면 그간 일한 수당은 물론이고 시로오니 사냥에 쓰인 경비를 네가 다 충당하겠다고 떵떵거렸었지?
나는 일도 못 하면서 큰소리만 치는 놈들이 딱 질색이야.
앞으로 1주일 안에 시로오니를 잡아 오지 못하면 이제까지 지출한 경비가 문제가 아니다.
네놈은 죽은 목숨인 거다. 알겠나?

이 만호 **[일어]** (망설이다 마지못해 대답한다.) 예... 알겠습니다.

카토이사무 **[일어]** (뒤뜰 방향으로 나 있는 창밖을 내다보며) 그렇다고 내가 실패를 바라는 것은 아니다. 어떤 대가를 치르더라도 그놈을 잡고 싶다는 얘기지.

마지막으로 주는 1주일간의 기회도 좀 더 확실히
지원해주겠다는 거다.

카토는 이만호를 돌아보고 따라오라는 고갯짓을 한다.
거실에서 관사 뒤뜰로 나갈 수 있는 문을 향해 걸어가는 카토.
이만호가 그 뒤를 따른다.

42. 카토이사무의 관사 뒤뜰 / 밤

카토는 어두운 뒤뜰로 나오자 문 옆벽에 붙어 있는 스위치를
올린다.
카토와 이만호가 서 있는 뒷문 계단 위에 빛이 비친다.
계단을 내려서 왼쪽 건물 벽을 돌아가려던 카토는 드럼통과
나뭇가지들이 쌓여있는 무더기에서 굵은 나뭇가지를 하나 집어
든다.
관사의 왼쪽 벽을 돌아선 곳엔 커다란 우리가 있다.
카토를 뒤따르던 이만호는 엄청난 소리로 짖어 대는 개들의
소리에 놀라고 만다.
우리 안에는 시커먼 도사견 3마리가 사람이 다가오자 흥분하며
짖는다. 축 처진 검은 입술 사이로 끈적이는 침이 사방으로 튀고
있다. 백열등 아래 머리통 부분만 보여서 마치 3개의 머리가 달린
지옥문을 지키고 있다는 개 케르베로스의 모습 같다.
카토는 방금 들고 온 굵은 나뭇가지를 창살 안으로 집어넣어
3마리 중 한 마리를 찔러댄다.
흥분한 놈이 나뭇가지 끝을 물고 머리채를 흔들어 대자 콰직
소리를 내며 끝부분이 부서진다.

부러진 나뭇가지를 보고 흐뭇해하는 카토가 이만호를 돌아본다.

카토이사무 **[일어]** 이 녀석들은 본국에서 데려온 도사견이다. 본적이 있는가?

이 만호 **[일어]** 얘기로만 들었었지 직접 본 것은 처음입니다.

카토이사무 **[일어]** 도사견은 너희 조선의 풍산개나 진돗개처럼 나약한 개가 아니다.
머리통을 돌로 내리쳐도 한번 문 놈은 절대 놓지 않는 끈기 있고 용맹스러운 우리 대일본제국의 자랑스러운 견[犬] 종이지.
아무리 시로오니라 해도 3개의 아가리가 덮쳐오는데 당할 재간이 있겠나?
한 놈만 그놈의 목덜미를 물고 늘어지면 된다. 그 사이에 네놈이 그 엽총으로 시로오니의 숨통을 끊는 것은 일도 아니겠지?

이만호는 짖어대는 도사견들의 시뻘건 눈동자를 들여다보느라 정신이 없다.

카토이사무 **[일어]** 우리 대일본제국의 투견이 백두산의 범을 물어 죽이다. 이번 원정의 취지와 너무나 걸맞는 결론 아닌가?
1주일이야. 1주일 후에 시로오니의 하얀 가죽을 들고 본국으로 돌아갈 것이다.
이번도 실패해서 날 실망하게 한다면 저놈들을

죽지 않을 만큼 굶긴 다음 네놈을 철창 안에 밀어 넣겠다. 알겠나?

이만호는 자신 있는 표정으로 카토를 돌아본다.

이 만호 [**일어**] 예. 걱정하지 마십시오.

철창 안 도사견들을 바라보는 이만호의 입가에 미소가 번진다.

제 5장 육 손 이

43. 곰 굴 / 밤

보름달이 떠 있는 밤.
달빛을 받아 하얗게 빛나는 백호가 나무와 바위 사이에 몸을 웅크리고 숨어있다.
퍼런 눈으로 지켜보는 곳은 커다란 바위 사이로 입구가 좁게 나 있는 동굴이다.
만주 불곰 육손이는 어두운 동굴 안에서 몸을 뒤척인다.
그러다 신경질적으로 좁은 입구로 얼굴을 내밀어 "푸푸" 거리는 거친 숨을 내쉬며 코를 쳐들고 냄새를 맡는다.
뭔가 냄새를 맡고 큰소리로 으르렁대며 상반신을 동굴의 입구 밖으로 내밀고 앞발로 흙과 돌을 긁어 찬다.
주먹만 한 바위들이 위협적으로 뿌려지고 굴러다닌다.
육손이가 으름장을 놓고 발톱으로 바위를 부숴가며 위세를 과시하지만, 백호는 그 모습을 가만히 지켜보고 있다. 백호의 푸른 눈으로 카메라가 서서히 Zoom In 된다.

44. 박영일의 집 전경 (회상) / 1912년 겨울 저녁

흰 눈이 소복이 쌓인 박영일 집의 전경. 함박눈이 계속 내리고 있다.

[TEXT] 1912년 겨울

닫혀있는 광문 쪽으로 카메라가 서서히 Zoom In 된다.

45. 박영일의 집 광 안 (회상) / 1912년 겨울 저녁

어두운 광 안쪽에는 풍산개 암놈과 3마리의 풍산개 새끼, 그리고 많이 자랐지만 아직 새끼 티를 벗지 못한 백호가 있다.
3마리의 풍산개 새끼들은 자신보다 곱절은 큰 백호를 에워싸고 치고 빠지는 장난을 한다.
백호는 3마리의 협공에 결국 4다리를 하늘로 들고 버둥거리며 굴욕적인 자세를 취한다.
어미 풍산개가 그 모습을 누워서 바라보다가 인기척을 느끼고 자리에서 일어난다.
3마리의 새끼 풍산개들과 백호도 광 문을 응시한다.
잠시 후. 광 문이 벌컥 열리더니 굵은 눈송이를 끌고 주루묵을 멘 심영감이 안으로 들어온다.
풍산개들과 백호는 난리가 난다. 개들은 꼬리를 치며 즐거워서 짖고 백호는 심영감을 반긴다고 벌떡 일어서서 안기는데 머리통이 심영감의 얼굴 높이까지 올라온다.
심영감은 즐거운 표정으로 백호의 목덜미를 긁어주고 발밑에서 폴짝거리는 새끼들의 머리를 한 번씩 쓰다듬어 준다. 어미 풍산개는 좀 떨어져 조용히 꼬리만 흔들고 있다.

시간 경과
풍산개와 백호 무리 안에 앉아 있는 심영감.
여기저기 누워 자는 풍산개 새끼들.
백호는 앉아있는 심영감의 무릎에 턱과 앞발을 얹고 심영감 옆구리에 메어있는 주루묵을 당겨와 안으로 주둥이를 처박는다.

심영감 (주루묵을 뺏으며) 없다. 이놈아. 다 먹었어.
그만해라. 찢어지겠다.

백호는 심영감에게 주루묵을 뺏기자 앙탈을 부린다.
심영감이 그런 백호의 목 주위를 쓰다듬고 긁어주니 기분이 좋아서 그르렁거리는 소리를 낸다.

심영감 오늘은 눈이 많이 오니 나가서 놀지도 못하겠다.
(백호를 측은한 눈으로 바라본다.)
네가 걱정이다. 어미를 따라다니며 사는 법을 배워야 할 때도 지났는데 이렇게 늙은이가 주는 먹이를 얻어먹으며 살고 있으니...
내가 범 사냥기술이나 살아가는 방법을 가르칠 수도 없는 노릇이고.

덩치만 큰 고양이를 어떻게 범으로 만들어야 하는고?

> 심영감의 걱정에도 무릎을 베고 누운 백호는 장난을 치고 싶어 안달이다.
> 그러다 백호의 표정이 굳어진다.
> 어느샌가 어미 풍산개도 일어나 광 문을 바라보며 긴장하고 서 있다. 새끼 풍산개들은 겁을 집어먹고 어미의 뒤에 서서 으르렁댄다.
> 백호도 풍산개 형제들을 따라 벌떡 일어나 광 문을 쳐다본다.
> 그때 엄청난 소리와 함께 광 문이 안쪽으로 부서진다.
> 아직 해가 남아있는 이른 저녁노을 빛을 등지고 광 문을 막고 서 있는 만주 불곰 육손이.
> 엄청난 덩치에 시커먼 실루엣이 괴물처럼 보인다.
> 순식간에 광 안쪽은 짖어 대는 4마리의 풍산개 소리에 아수라장이다.
> 심영감은 부서진 광 문에 깊이 새겨진 6개의 커다란 발톱 자국을 본다. 시선을 옮겨 우뚝 서서 벽을 짚고 있는 만주 불곰의 오른 앞발을 보는 심영감.

심영감 육손이?

> 그 순간 풍산개들을 내려다보던 육손이가 성난 포효와 함께 집채만 한 덩치를 광 안쪽으로 들이밀면서 6개 발톱을 가진 오른 앞발을 크게 휘젓는다.
> 새끼 풍산개들은 재빠르게 뒤로 물러섰지만 늙은 어미 풍산개는

육손이의 오른발을 정면으로 맞고 그 자리에서 숨이 끊어진다.
새끼들은 어미의 죽음에 더욱더 사납게 짖어 댄다.
심영감은 서둘러 광 뒤쪽에서 긴 창을 집어 든다.
새끼 풍산개들은 육손이의 아가리와 앞발을 피해 번갈아 가며 육손이의 옆구리나 뒷발을 물고 빠지며 공격한다. 덩치와 힘에선 압도적인 육손이지만 재빠른 풍산개들을 쉽게 잡지 못한다.
그러다 정면의 한 녀석이 육손이의 앞발에 채인다.
정면에 거추장스러운 공격자가 사라지자 한 발 더 앞으로 들어서는 육손이.
이제 몸 전체가 광 안으로 들어와 있다.
심영감 앞을 버티고 있던 백호는 광 중앙으로 들어선 육손이의 목 밑으로 순식간에 파고든다.
동시에 들고 있던 긴 창을 쥐고 육손이에게 달려드는 심영감.
심영감에게 오른쪽 어깨를 창으로 찔리고 백호에게 왼쪽 목덜미 밑을 물린 육손이는 백호를 목에 매단 채로 벌떡 일어선다.
몸에 중심을 잃고 휘청거리는 심영감.
백호는 몸 전체가 공중에 뜨자 육손이의 목덜미를 놓치고 땅에 떨어진다.
두꺼운 지방 덕분에 별다른 타격을 입지 않은 육손이.
심영감은 다시 한번 공격하기 위해 창을 들고 앞으로 나서는데 크게 휘두르는 육손이의 오른 앞발 공격을 정면으로 받는다.
부러진 창과 함께 광 한쪽 벽에 처박히는 심영감.
심영감의 몸에 깔려 백호도 함께 충격을 받고 쓰러진다.
백호가 정신을 차렸을 때, 두 마리 풍산개의 짖는 소리가 점점 멀어지는 것을 느낀다.
심영감의 몸을 밀치고 일어난 백호는 죽어있는 심영감의 얼굴을 맞대한다.

잠시 심영감의 움직임 없는 얼굴을 응시하는 백호.

광 안에는 심영감과 어미 풍산개의 사체만 남아 있다.

점점 멀어지는 두 마리 풍산개 소리.

백호의 푸른 눈동자가 빛난다.

46. 백두산 숲속 (회상) / 1912년 겨울 저녁

육손이는 죽은 풍산개를 물고 함박눈이 쏟아지는 밤, 숲속 눈밭을 거침없이 뛰고 있다.

풍산개 단우와 백두가 육손이의 뒤에 따라붙었지만, 좀처럼 간격이 줄어들지 않는다.

그때 빠른 속도로 뛰고 있는 백호의 모습이 나타난다.

육손이가 뛰어가는 짐승 길 위로 나 있는 언덕길을 따라 단우와 백두를 지나쳐 육손이에게 점점 가까워지고 있다.

이제 백호는 육손이의 머리 위 5m 높이에서 육손이와 속도를 맞춰 뛰고 있다.

기회를 보다가 육손이의 등판 위로 뛰어내리는 백호.

턱! 하며 백호가 육손이의 등 위에 올라탄다.

잠시 휘청이지만 육손이는 멈추지 않는다.

백호가 등판 위에서 앞발톱을 꽂고 목 뒷덜미를 물어보지만, 육손이는 끄떡도 하지 않는다.

잠시 후. 갑자기 달리던 속도를 높인 육손이가 썩어 넘어가 있는 커다란 나뭇등걸을 향해 자신의 어깨 쪽을 있는 힘껏 부딪힌다.

순식간에 백호의 몸이 나뭇등걸을 넘어 공중에 떠버린다.

백호는 10m가 넘는 높이의 절벽 밑으로 떨어져 버린다.

눈 속에 묻혀있는 백호의 머리 주변에서 눈을 치우는 소리가 들린다.
따뜻한 두 개의 혀가 백호의 콧잔등과 이마를 핥는다.
눈에 묻혀있던 백호가 정신을 차리고 눈을 뜬다.
벌떡 일어나 주위를 둘러보지만, 단우와 백두, 그리고 어둠만이 남겨져 있다.

47. 곰 굴 (현재) / 새벽

백호의 눈에서 서서히 Zoom Out.
허연 서리를 맞은 백호의 털이 새벽빛에 반짝인다.
여전히 육손이의 굴 앞을 지키고 있는 백호.
머리 위에서 까치들이 시끄럽게 울기 시작한다.
백호가 서서히 일어선다.
그리고 굴 안에 숨어있는 육손이를 향해 포효한다.

제 6장 백호와 만남

48. 염씨의 숯 굽는 작업장 숙소 내부 / 아침

허름하게 만들어진 판잣집 내부는 보기보단 꽤 넓다.
잠자리에서 일어난 박영일은 조심스럽게 엽총과 짐을 챙기며 자는 일행을 살핀다.
염종일과 이응식이 붙어 자고 있고 김세영은 갓난쟁이를 데리고 가장 외측 벽 쪽에서 자고 있다.

> 아기와 자는 김세영을 보고 미소 짓는 박영일.
> 그때 옆에 자고 있던 바우가 채비를 마친 박영일을 보고 자신도 벌떡 자리에서 일어난다.
> 박영일이 문을 열어주자 바우가 먼저 밖으로 나선다.

49. 염씨의 숯 굽는 작업장 / 아침

> 평상 앞 모닥불 위에는 큰 솥이 얹어져 있고 뚜껑 사이로 허연 김이 뿜어져 나오고 있다.
> 평상에 앉아 찌개 솥을 바라보고 있던 염씨가 박영일을 발견하고 반갑게 맞는다.

염씨　　일어났네?

박 영일　　밤새 숯가마 지키셨어요?

염씨　　누구 하나는 지켜봐야 하니까니. 이제 종일이 놈 깨워서 보라 해야디.

박 영일　　종일이가 일 잘하네요.

염씨　　(헛웃음) 아가 좀 모자라도 힘이 장사라 시키는 일은 잘하디.
(약간 침묵) 그리 모자라는 놈도 좋다고 시집와준 착한 며느린데 손자 낳다 죽어 버렸으니 내 팔자도 참 딱하디.
(어색한 분위기를 바꾸려 소리를 높인다.) 아! 거기 섰지 말고 와서 이것 좀 들라우.

박 영일　　아닙니다. 어제 먹은 것도 다 안 꺼졌는데요. 저는 잠깐 갔다 올 데가 있습니다.

염씨	아침도 안 먹고 어딜 간다는 기야?
박 영일	집에 좀 갔다 오겠습니다.
염씨	참! 그렇티. 가봐야디. 기럼 날래 갔다 오라우. 발짝꾼 녀석하고 가시나는 내가 잘 챙겨 맥일 테니 걱정 말고.

박영일과 바우는 숯가마 뒤쪽으로 나 있는 길을 따라 산을 오르기 시작한다.

50. 개울가 / 아침

물이 흐르는 작은 개울.
백호가 물을 마시고 있다.
그때 멀지 않은 곳에서 딱딱한 것들이 심하게 부딪히는 소리가 규칙적인 간격으로 들린다.
백호는 물을 마시던 낮은 자세로 소리 나는 방향을 향해 조용히 이동한다.

51. 숲속 / 아침

덩치 큰 백두산 수사슴 두 마리가 암놈 한 마리를 사이에 두고 싸움을 벌이고 있다.
두 마리는 두어 걸음 뒤로 물러섰다가 상체와 앞발을 들고 머리에 힘을 실어 상대방에게 돌진해 서로의 뿔을 들이받는다.
그 모습을 중간에서 가만히 지켜보는 암사슴.
몇 번의 힘겨루기 끝에 덩치가 작은 놈이 싸움을 포기하고 꽁무니 뺀다.
싸움에서 이긴 수사슴이 암놈에게 다가가자 암사슴이 살짝 자리를 피하고 도망치기를 반복한다. 약 올리는 암사슴에게 앞발로 흙을 차며 화를 내는 수사슴.
그때 뒤쪽에서 사람의 아기가 우는 듯한 울음소리가 들린다.
수사슴은 그 소리를 듣고 소리 나는 방향 쪽으로 걸음을 옮긴다.
수사슴의 변심에 당황하며 암사슴도 아기 우는 소리를 내보지만, 수사슴은 다른 암사슴 소리에 마음을 뺏겼다.
큰 백두산 주목이 쓰러져 썩어가고 있는 뒤쪽에서 암사슴 소리가 들린다.
수사슴의 걸음이 빨라지더니 1m 높이의 나무줄기를 한 번에 훌쩍 뛰어넘는다.
순간 나무줄기 밑 반대편에 웅크리고 있던 백호가 튀어 올라 수사슴을 낚아챈다.
사태를 파악할 새도 없이 백호의 커다란 턱에 목을 물린 수사슴은 백호의 앞발에 머리와 목이 눌린 채 서서히 힘이 빠진다.

52. 염씨의 숯 굽는 작업장 숙소 내부 / 아침

김세영이 벌떡 몸을 일으켜 앉는다.
좀 얼떨떨한 표정으로 주위를 둘러보는데 눈물 자국이 뺨에서 귀 쪽으로 흘러 있다.
손으로 눈물을 훔치며 염씨의 손자와 염종일, 이응식이 자는 판잣집 내부를 훑어본다.
이내 고개를 숙인 채 한숨을 쉰다.
박영일과 바우가 자던 빈자리가 눈에 띈다.

세영은 일어나 문 쪽을 향한다.

53. 염씨의 숯 굽는 작업장 / 아침

평상에는 염씨와 도토리 마을 두령인 윤종도가 앉아 숯을 두드리며 살펴보고 있다.
그 옆에는 바우 크기만 한 하얀 풍산개 두 마리가 조용히 엎드려 있다.
판자로 댄 문이 삐걱 열리고 김세영이 나타난다.

염씨 (세영을 보고) 잠은 잘 잤네?

김 세영 (윤종도를 힐끔 살핀다.)
예! 안녕히 주무셨어요?

염씨 날래 와서 아침 먹자우. 멧돼지 고기를 좋아하나 모르갔구만 기래.

김 세영 (주변을 둘러본다.)
그런데 박영일 아저씨는요?

염씨 아! 영일이는 금방 올기야.

불안한 듯 주변을 두리번거리는 김세영.

윤 종도 이 애가 영일이하고 같이 왔다는 앤가?

염씨 예!

김세영은 윤종도와 두 마리 풍산개를 의아한 표정으로 바라본다.

54. 개울가 / 오전

3마리의 도사견 소리가 시끄럽다.
이만호, 김영산, 강칠두가 각각 도사견 한 마리의 굵은 목줄을 잡고 있다. 흥분해서 서두르는 도사견들 때문에 사람이 질질 끌려가고 있다.
일행을 개울가로 끌고 가는 도사견들.
개울가에서 냄새를 맡고는 더욱 흥분해서 난리다.
주변을 살펴보던 이만호는 개울가 주변 축축한 흙바닥에 앞발을 모으고 물을 마셨던 범의 발자국을 발견한다.

이 만호 　　여기서 얼마 전에 물을 마셨다.
김 영산 　　(**날뛰는 도사견에게 힘에 부친다.**) 야야! 이놈들 이래 난리다. 난리.
이 만호 　　가자.

일행은 도사견들이 이끄는 방향으로 서둘러 뛰어간다.

55. 넓은 바위 / 오전

따뜻한 햇볕이 비추는 널찍한 바위 위에서 털을 고르고 있는 백호.
식사를 끝내서 배가 부르고 졸음이 쏟아지는데 도사견들의 짖는 소리가 산 아래서 들린다.
아침에 잡은 백두산 사슴에는 아직 많은 부위가 남아 있지만, 자리에서 일어선다.
백호의 움직임에 놀란 까마귀와 까치들이 사슴의 사체에서 날아올랐다가 백호가 자리를 뜨자 곧바로 다시 사슴의 사체 위로 내려앉는다.

56. 박 영일의 집 / 오전

박영일의 옛집 모습은 무척 흉물스러워 보인다.
마당과 외부를 구분 짓던 싸리문은 이젠 흔적을 찾아볼 수 없다.
초가지붕은 곳곳에 구멍이 뚫리고 한쪽으로 무너져서 많이 썩어있다.
바우는 어릴 적 기억이 나는지 마당을 껑충껑충 뛰어다니다가 등을 흙바닥에 비벼대며 즐거워한다.
박영일은 천천히 마당을 들어서서 이젠 문이 없어진 방을 바라본다.
박영일은 잠깐 깔끔한 방안을 본다.
그 방안 한가운데서 윤예원이 바느질을 하다가 박영일을 향해 옅은 미소를 보낸다.
딸아이는 아빠를 반기려 문 쪽으로 뛰어오다 화면 앞에까지 거의 다다라서 넘어진다.
딸아이를 잡아주려던 박영일의 손이 허공을 휘젓는다.
방안은 주변과 한가지로 뽀얀 먼지가 앉아 있고 궤경대와 반다지 장도 부서져 있다.
박영일은 문지방에 힘없이 걸터앉는다.
바우도 박영일을 올려다보며 옆에 앉는다.

박 영일　　6년 만이구나 바우야.

바우의 모습을 보며 얼굴에 미소를 띠던 박영일이 왼쪽으로 고개를 돌려 광 쪽을 바라본다.
박영일의 얼굴에서 미소가 사라진다.

57. 넓은 바위 / 오전

요란하게 짖어대는 3마리의 도사견들과 함께 이만호와 김영산, 강칠두는 방금까지 백호가 쉬고 있었던 바위에 도착한다.
백두산 사슴의 사체에서 까마귀와 까치들이 날아오른다.
이만호는 자신이 잡고 있던 도사견의 목줄을 강칠두에게 넘기고 사슴의 시체로 다가가 배 부분에 손을 얹어본다.

이 만호 　　아직 따뜻하다.

이만호가 강칠두 쪽으로 다가와 도사견 한 마리의 목덜미를 붙잡고 말한다.

이 만호 　　여기서 풀어 놓자우.

이만호가 목줄을 풀고 도사견의 엉덩이를 세게 후려친다.
강칠두와 김영산도 바로 도사견들을 풀어 놓는다.

이 만호 　　자! 찾아서 물어뜯어라.

3마리의 도사견들은 한데 뭉쳐 미친 듯이 뛰어간다.
이만호와 김영산, 강칠두도 도사견들의 짖는 소리를 쫓아 뛰기 시작한다.

58. 염씨의 숯 굽는 작업장 / 오전

염씨와 염종일은 가마 근처에서 윤종도에게 줄 숯을 정리하고 있다. 그동안 윤종도와 김세영, 이응식은 평상에 앉아얘기 하고 있다.

김 세영 (풍산개들을 쓰다듬으며) 이 녀석이 백두고 얘가 단우요?

윤 종도 그래 바우 형제들이지. 그때 살아남은.

이 응식 그럼 어르신 말씀은 그때 일도 시로오니 짓이 아니란 말씀이시네요.

윤 종도 그래 백산군은 그런 짓을 하지 않아. 그리고 그때는 그럴 힘도 없을 어릴 때였고.

이 응식 지금은요? 지금은 엄청 컸을 거 아닙니까? 한성에까지 시로오니가 사람을 물어가고 가축을 잡아가서 거죽 값이 천정부지로 올라있다는 소문이 파다한데요.

윤 종도 일본 관청이 그렇게 발표를 해서 그런 거지 알고 보면 요즘 자주 일어나는 일도 거의가 육손이라는 불곰 짓이야.

김 세영 육손이요?

윤 종도 늙은 만주 불곰인데 한쪽 발 발가락이 6개라 육손이라고 부르지.
그 놈은 겨울잠을 자지 않는 이상한 놈이야.

추운 겨울 때는 압록강을 건너와 백두산에서
지내다가 날 풀리면 다시 만주로 넘어가는
놈인데, 3~4년 전부턴 백두산에 머무르는
기간이 점점 길어지고 성격도 포악해져.
피해를 입은 농가나 장소에 가보면 그놈 발자국
투성이지만 관청에선 백산군짓이라고 발표하지.
영일이가 집에 갔다고 하니 그게 백산군 짓이
아니란 걸 알 수 있을 게야.

김 세영 　(이응식에게) 대장 아저씨는 식인범만 잡으니까
백호 사냥은 안 하겠네요.

이 응식 　무슨 소리야? 그놈 몸값이 얼만데. 그런 걸 따질
때야?
(윤종도에게) 그리고 일본 놈들이 뭐 할 짓이
없어 그런 헛소문을 퍼트린답니까?
그냥 범 새끼 한 마리에.

윤 종도 　백두산 주변 조선인들은 사람에게 피해를 주지
않고 멧돼지나 이리 숫자를 줄여 주는 범들은
산군으로 깍듯이 모시지.
게다가 눈처럼 흰 백산군은 지금 이 백두산의
주인이야. 그런 범을 함부로 잡아가기에 민심도
걱정이 됐겠지.

김 세영 　그럼 그런 얘기를 알려야 하는 거 아닌가요?
사람들은 다 백호가 식인 범이라고 알고 있는데.

윤 종도 　무슨 수로 소문을 막겠냐?
소문이란 건 믿고 싶은 말이 떠도는 거야.
백산군의 가죽값에 걸린 상금이 보통 조선

범보다 스무 배 이상 비싸다.
일본 본토에선 몇십 만엔이 넘을 거라고도 하고.
그런 소문을 쫓는 사람들에겐 사실은 중요한
문제가 아닌 게야.

이 응식 예! 말씀 잘하셨습니다. 그만한 상금에 시로오니
목이 남아 있을 거로 생각하십니까?
모르긴 해도 저희 말고도 백산군 노리는
사냥꾼들이 몇십 명은 더 백두산에 들어와 있을
겁니다.

윤 종도 그래 틀린 말은 아닐세. 하지만 생각해 보게.
일본인들이 해수구제책이다 뭐다 공표해서
이리나 곰, 표범, 범 등을 잡아다 가죽을
상납하면 포상금을 준 이래로 조선 8도 내
짐승들이 씨가 마르지 않았나? 일본인들이
조선인의 민심을 사기 위해 그런 일을 한다고
생각하나?
조선인들이 신성하게 여기는 범의 씨를 말리기
위해서야. 무궁화를 불태우고 색깔 옷을
입으라고 강요하고, 조선 내 백두대간의 척추
마디에 쇠말뚝을 박는 일 등이 다 그런 연유로
이뤄지고 있는 일들이지. 백두산에 마지막
남은 백산군의 가죽이 일본 땅으로 건너가 어느
부잣집에 걸려 일본놈들이 조선을 비웃기 위한
전시물로 사용된다고 생각해 보게.
그게 조선인으로서 할 일인가?

이 응식 어쨌든 이러나저러나! 어차피 잡힐 놈입니다.

	그럴 거 저희가 잡아 돈 좀 만진다고 뭐 달라지겠습니까?
윤 종도	자넨 이제까지 무슨 소리를 들은 건가?
김 세영	(이응식에게) 아저씨 머릿속엔 돈 벌 궁리밖에 없어요?
이 응식	아니! 그럼 몇 날 며칠을 기차 타고 백두산까지 왔는데 빈손으로 가냐? 게다가 이번 범 사냥을 마지막으로 하고 손 털기로 작정까지 했는데. 우리가 안 잡는다고 시로오니가 성하겠냐고?

> 윤종도가 뭔가를 더 말하려고 했을 때 염씨와 염종일이 다가온다.
> 염종일의 등 지게에는 숯을 잔뜩 담은 가마니가 실려 있다.

염씨	두령님! 오래 기다렸소. 내 잘 구워진 놈들만 골라 담느라... 종일이가 모셔다드릴 테니 같이 가기요. 나머지 물건도 오늘 저녁까지 실하게 만들어서리 내일 아침 일찍 종일이 시켜서 갖다 드릴 터이니.
윤 종도	그래! 나머지는 내일 아침 일찍 부탁함세.

> 윤종도가 자리에서 일어날 때 판잣집 안쪽에서 염씨의 손자가
> 우는 소리가 들려온다. 지게를 아무렇게나 벗어 던지고
> 판잣집으로 뛰어가는 염종일.
> 숯들이 가마니에서 쏟아져 나온다.

염 종일 내 아기. 아기!

염씨 (당황하며 쏟아진 숯을 정리한다.) 아이구. 저 문둥이 자슥. 두령님 미안하오다. 저 녀석이 생각이 없어서리...

윤 종도 괜찮아. 다시 담으면 되지.

> 일어나려다 쏟아진 숯을 주우려는 윤종도.
> 세영은 벌써 염씨와 함께 쓰러진 가마니를 세우고 숯을 줍는다.

염씨 (윤종도와 생영을 말리며) 놔두기요. 검댕이 묻슴메.

> 이응식은 평상 근처에서 좀 물러나 사태를 관망만 하고 있다.

59. 박영일의 집 광 안 / 오전

> 박영일이 광 안을 들여다본다.
> 아궁이 위의 솥과 그릇 등 가재도구는 아무렇게나 어질러있고 뽀얀 먼지가 소복이 쌓여있다.
> 여기저기 흩어져 있는 물건들과 부서진 광 문이 당시 상황을 짐작할 수 있게 한다.
> 광 안쪽으로 들어선 박영일은 주위를 자세히 둘러본다.
> 나무로 만들어진 뒤주에는 피가 튄 자국이 검게 얼룩져 있고, 바닥에 나뒹구는 부러진 창 끝부분에도 검은 핏자국이 녹이 슨 것처럼 묻어있다.
> 박영일은 부러진 창을 들어 살핀다.

60. 백두산 중턱 (회상) / 정오

박영일의 얼굴에서 심영감의 얼굴로 Dissolve.
산 중턱에 앉아 있는 심영감이 Camera를 보고 얘기한다.

심영감 　범을 사냥한다는 것은 범에게 사냥당한다는 말과도 같은 거야.
좋은 엽총을 가진 포수라 해도 10명이 범을 잡으러 산으로 들어가면 5명만 살아서 나오는 게 예삿일이지.

61. 백두산 숲길 (현재) / 정오

멈춰 서서 뒤를 돌아보는 백호.
세 마리의 도사견이 짖어대는 소리가 가까운 곳에서 들려온다.
앞쪽에서 물 흐르는 소리가 들린다. 다시 달리기 시작하는 백호.

62. 박영일의 집 광 안 / 정오

부서진 뒤주를 손으로 쓰다듬는 박영일.
피로 검게 얼룩진 부분에서 손이 멈춘다.

심영감 　(V.O) 범은 눈은 엄청 좋지만, 자신의 코가 곰이나 개보다 못하다는 걸 알아.

63. 계곡 / 정오

계곡물에 들어서는 백호.

심영감 (V.O) 그래서 바람을 이용하거나 물을
이용해서 자기 냄새를 숨길 줄도 알지.

백호 무릎까지 빠지는 계곡은 꽤 넓고 물살이 세다.
백호는 계곡물을 건너다 물의 중간쯤 멈춰 서서 고개를 들어
바람의 방향을 살핀다.
강하게 불어오는 바람이 백호의 얼굴 옆 갈기 털과 수염을 계곡의
상류 쪽으로 날린다.
백호는 바람을 등지고 계곡의 상류 쪽으로 올라간다.
계곡에 도착한 세 마리의 도사견은 빠른 물살을 접하자 잠시
당황한다.
백호의 냄새를 찾아 킁킁거리며 분주하게 주변을 살피다가
가장 앞서있는 놈이 먼저 계곡물로 뛰어들자 나머지 두 마리의
도사견도 뒤따라 계곡을 건너기 시작한다.
백호와 비교해서 덩치가 작은 도사견들은 가슴까지 계곡물이
차올라 힘겹게 맞은편을 향해 나아간다.

Camera Flying
하류에서 불어오는 강한 바람이 계곡을 따라 올라오다가 계곡을
건너는 3마리 도사견을 빠르게 훑고 지나간다.
도사견들 몸을 훑은 바람은 도사견 형상의 채취를 싣고 계곡의
상류로 날아간다.

기체 덩어리 모양의 도사견 형상은 바람에 실려 날아가는 동안 서서히 형태가 부서져 흩어지다가 모두 사라지기 전에 상류로 이동하고 있는 백호의 등 뒤에 다다른다.
백호는 바람이 도착하자 걸음을 멈추고 하류 쪽을 돌아본다.
그리곤 방향을 틀어 자신이 방금 건너왔던 방향으로 되돌아 계곡물을 빠져나간다.
Camera가 백호에서 빠르게 Zoom Out 되어 백호와 도사견들을 한 화면에 보여준다.
계곡을 건너가고 있는 3마리의 도사견보다 훨씬 상류에 있는 백호는 도사견들의 방향과 반대편으로 계곡물을 건너고 있다.
계곡물을 빠져나온 백호는 빠르게 왔던 길 쪽으로 뛰어간다.

64. 박영일의 집 광 안 / 정오

박영일은 부서진 광문을 발견한다.
나무문에서 뭔가를 발견했는지 서서히 다가가는 박영일.

심영감 (V.O) 똑똑한 놈들은 인간이란 동물을 잘 알고 있지.

65. 백두산 숲길 / 정오

박영일의 얼굴과 바위 위에 웅크리고 앉아있는 백호의 얼굴이 Dissolve 된다.

심영감 (V.O) 사람의 코는 거의 무용지물이고, 쇠붙이

냄새와 화약 냄새가 위험하다는 걸 직감적으로
알아. 그리고 그런 도구가 없는 인간은 작은
멧돼지보다 약하다는 것도 알지.

바위 위에서 짐승 길을 내려다보고 있는 백호.
잠시 후. 이만호와 강칠두, 김영산이 뛰어온다.
이만호 일행은 도사견들의 뒤를 쫓고 있다.
백호는 가장 앞서가던 이만호가 바로 밑을 지나가고 나자
순식간에 뛰어내린다.
두 번째로 뛰어오던 작은 키의 강칠두는 백호가 등 뒤에서
휘두르는 앞발에 5m 아래 비탈길로 굴러떨어진다.
바로 몸을 틀어 뒤따라오던 김영산에게 달려드는 백호.
김영산은 엽총을 들고 있다는 것도 잊은 채 실신한 사람처럼
오돌오돌 떨고 있다.
김영산의 얼굴에 거의 닿을 듯 가까이 다가온 백호의 입에서 허연
입김이 뿜어져 나온다.
백호의 입김이 김영산의 얼굴에 뿜어진 순간 한 발의 총성이
들리고 그와 동시에 백호는 옆으로 뛰어올라 몸을 피한다.

66. 여러 장소 (Insert) / 정오

광 문에 깊이 새겨있는 6개의 발톱 자국을 손으로 짚고 있던
박영일이 총소리를 듣는다.
염씨의 숯 작업장에 있는 윤종도, 염씨, 염종일, 이응식, 김세영과
풍산개 백두와 단우까지도 총소리를 듣고 긴장한다.
계곡물을 건너와 물에 젖어 있는 세 마리의 도사견들이 바닥을

코로 훑고 있다가 총소리에 놀라, 왔던 쪽 건너편을 돌아본다.

67. 백두산 숲길 / 정오

당황한 표정으로 다시 장전하는 이만호.
이만호가 쏜 총알은 김영산의 왼발 허벅지에 맞았다.
얼떨떨해 있던 김영산이 총알을 맞은 다리에 힘이 풀려 풀썩 주저앉는다.
이만호를 향해 달려던 백호는 이만호가 총구를 자신에게 향하자 나무가 많은 숲길로 뛰어든다.

68. 박영일의 집 광안 ➡ 마당 / 정오

긴장한 표정으로 귀를 기울이고 있는 박영일의 표정 위로 다시 한번 총성이 들린다.
서둘러 광 밖으로 나가려던 박영일은 잠시 다시 한번 문에 새겨져 있는 발톱 자국을 본다.

박 영일　　　이건… 곰이잖아?

마당으로 나와서 총소리가 들렸던 방향을 향해 서둘러 뛰기 시작하는 박영일.
그의 뒤를 바우가 쫓는다.

69. 염씨의 숯 굽는 작업장 / 정오

이응식이 화가 나서 얘기한다.

이 응식　　이건 형님의 총소리가 아니야. 것 보슈. 우리 말고 이 백두산에 시로오니를 노리는 놈들이 어디 한둘이겠어? 지금 벌써 어떤 놈 총 맞고 뒈져버렸으면 어쩔 거요?

염씨　　멧돼지나 곰을 잡는 소릴 수도 있지 않간?

이 응식　　젠장! 난 가봐야겠소.

김 세영　　어! 아저씨.

뒤돌아 뛰기 시작하는 이응식을 따라 일어서는 김세영.
말릴 새도 없이 이응식은 벌써 숲속으로 사라진다.
잠시 망설이는 김세영.

김 세영　　제가 따라가 볼게요.

염씨　　어딜 간다는 기야? 무신 봉변을 당하려고?

김 세영　　조심할게요.

김세영도 이응식이 사라진 숲속으로 뛰어간다.
윤종도는 자신을 올려다보고 있는 풍산개 백두와 단우를 내려다본다.

윤 종도　　너희들이 가봐라.

엎드려있던 두 마리는 벌떡 일어나 숲속으로 뛰어간다.
윤종도가 걱정스러운 표정으로 숲속을 응시한다.

70. 백두산 숲길 / 정오

> 백호는 나무들 사이를 빠르게 뛰고 있다.
> 거친 이만호의 숨소리. 이만호의 시선.
> 총구를 백호에게 조준하려고 하지만, 백호의 움직임과 나무들 때문에 여의치 않다.
> 게다가 어릴 때 다친 오른쪽 눈 때문에 시야가 더욱 좁다.
> 나무 사이에서 빠져나와 길을 따라 빠르게 이만호 쪽으로 달려오는 백호.
> 백호가 거의 사선에 들어왔을 때 이만호의 시선 오른쪽으로 방향을 바꿔 시야에서 사라진다.

이 만호　　　　젠장!

> 아주 짧은 순간의 차이로 방아쇠를 당길 기회를 잃었다.
> 재빨리 엽총을 가슴께로 내리고 고개를 오른쪽으로 홱 돌린 순간.
> 이만호는 표정이 새하얗게 질려 온몸이 얼음장처럼 굳어 버린다.
> 백호의 커다란 얼굴이 이만호의 얼굴 바로 앞에 버티고 있다.
> 둘의 얼굴 간격은 한자 반**[약 45cm]** 밖에 되지 않는다.
> 재빨리 엽총을 들어 올리는 이만호.
> 하지만 백호의 민첩한 앞발이 더 빠르게 엽총의 총구를 후려친다.
> 엽총은 멀리 날아가 버리고 그 충격에 이만호의 왼팔 어깨가 탈골된다.
> 왼팔을 붙잡고 어렵게 고통을 참는 이만호.
> 백호가 이만호의 얼굴 앞에 엄청난 포효를 퍼붓는다.
> 그때 도사견 세 마리 짖는 소리가 뒤쪽에서 빠르게 가까워진다.

백호는 잠시 뒤를 돌아보고 도사견들의 위치를 확인한 후에 굵고 억센 수염을 이만호의 얼굴에 스치며 천천히 뛰기 시작한다.
몸에 긴장이 풀린 이만호는 그때야 아픈 어깨를 감싸 쥐고 털썩 주저앉아 고통스러워 한다.
도사견들은 달려오던 속도와 기세 그대로 이만호를 지나 백호를 쫓는다.
이만호도 엽총을 찾기 위해 두리번거린다.

71. 다른 곳 숲길 / 정오

숲속을 뛰고 있는 박영일과 바우.
멀리서 도사견들 짖는 소리가 들린다.

박 영일 바우야! 뒤로.

앞서가던 바우는 자신의 이름이 불리자 멈춰 섰다가 "뒤로"라는 명령에 바로 박영일의 뒤로 달려와 주인의 속도에 맞춰 뛴다.

심영감 (V.O) 아무리 크고 용맹한 개들이라고 해도 범하고 싸우진 못해. 개들은 사냥꾼이 총을 쏠 기회를 만들어주기 위해 범을 몰아놓는 역할을 하는 것이지.
범이 개보다 빨라서 70보 정도 거리는 유지하게 해야 해.
그걸 익힐 때까지 몇 번의 범 사냥에서
살아남아야 범 사냥개가 될 수 있는 거야.

10마리 중 5마리는 재능이 없고 4마리는 범을
알기 전에 앞발에 채거나 물려 죽지.
그게 범 사냥개가 할 일이야.

도사견들의 소리가 점점 가까워진다.

72. 절벽 위 / 정오

절벽에 몰린 백호.
절벽 밑으로는 빠른 유속으로 물이 흐르고 있고, 건너편
절벽까지는 거리가 10m는 넘는다. 절벽 중간에 뾰족이 솟아 있는
바위기둥이 있지만, 상층부의 면적이 무척 좁다.
백호는 절벽을 등지고 돌아서서 뒤쫓아 오는 도사견들을 맞는다.
절벽 앞에 버티고 선 백호를 보고도 전혀 기세가 눌리지 않는
도사견들은 요란스럽게 짖어대며 백호와의 간격을 세 방향에서
조금씩 좁혀간다.
도사견과의 거리가 너무 가까워지자 뒷걸음치던 백호는 뒷다리가
절벽 끝에 다다랐음을 느끼고 잠시 움찔거린다.
그때를 노리고 한 놈이 먼저 백호에게 이빨을 드러내고 달려든다.
백호는 도사견의 얼굴을 양 앞발로 빠르게 두 번 후려친다.
순식간에 목이 꺾여 숨이 끊어지는 첫 번째 도사견.
뒤따라 백호의 뒷다리를 공격하기 위해 두 번째 도사견이
달려들지만, 백호가 재빠르게 몸을 돌려 피하는 바람에 실패하고
오히려 백호의 앞발에 머리통이 짓눌리는 결과를 가져온다.
순식간에 한 마리는 즉사해서 절벽에 머리가 반쯤 걸려있고,
한 마리는 백호의 큰 앞발에 머리통이 눌려 꼼짝 못 한 채 발만

공중을 휘적거리는 상황이 되었다.
그러다 보니 나머지 한 마리 도사견은 더 짖지도 못하고 엉덩이를 땅바닥에 질질 끌며 오줌을 지리면서 왔던 길로 줄행랑을 친다.
백호는 발밑 도사견의 목을 감고 있는 목줄을 물고 힘껏 잡아당긴다. 우두둑 소리와 함께 금속 징이 박혀있는 넓은 가죽 목끈이 뜯져 나온다.
발밑의 도사견이 빠져나오려고 몸부림치지만 소용없다.
그때 현장에 도착하는 박영일과 바우.
백호도 박영일을 발견하고 멈칫한다.

박 영일　　　정말 네 놈이구나!

백호는 박영일의 등장에 긴장하며 싸울 태세를 갖춘다.
발밑의 도사견은 그 기회를 놓치지 않고 재빨리 일어나 목숨을 건지고 도망친다.
바우가 백호를 알아보고 반가워하며 꼬리를 흔들지만, 백호는 박영일만을 바라보고 있다.

박 영일　　　살아있었구나!

박영일의 얼굴에 슬픔과 분노가 함께 배어난다.
잠시 팽팽한 긴장감.
백호가 먼저 포효를 하며 박영일에게 으름장을 놓는다.
그 소리에 보답하듯 박영일이 재빠르게 엽총을 들어 사격 자세를 취하자 백호는 엄청나게 빠른 몸놀림으로 뒤돌아 절벽을 향해 뛰기 시작한다.

도움닫기를 할 거리도 안 되는 짧은 거리에서 절벽 밖으로 뛰어오르는 백호.
절벽과 절벽 사이에 위태롭게 솟아 있는 역삼각형의 좁은 돌기둥 머리 윗부분을 정확히 딛고 처음 뛰어온 거리보다 훨씬 먼 반대편 절벽을 향해 다리를 힘차게 뻗어 다시 날아오른다.
오랜 세월의 풍화를 견뎌오느라 얇게 깎여진 돌기둥이 우지끈 소리와 함께 무너져 내린다.
날고 있는 듯 공중에 멈춰있는 백호의 몸뚱이가 박영일의 가늠쇠 너머로 보인다.
숨을 멈추고 긴장하는 박영일.
서서히 방아쇠에 얹혀 있는 검지에 힘이 들어가는 순간.

Insert.
아주 짧은 순간 윤예원의 얼굴이 나타난다.

윤 예원 (V.O) 안 돼요. 쏘지 마세요.

목소리에 놀라는 박영일.
잠깐 망설이는 동안 백호는 건너편 절벽에 무사히 착지하고 총의 사정거리에서 벗어날 만큼 한참을 더 달린다.

이 응식 (V.O) 형님! 뭐해요? 쏴요.

박영일은 총구를 내리고 뒤를 돌아본다.
그곳에는 윤예원과 딸아이가 서 있다.

이 응식 형님. 총알이 없소? 왜 그런 좋은 기회를 놓쳐요?

> 박영일의 시선을 이응식의 얼굴이 가린다.
> 이응식이 화면에서 빠져나가면 조금 전 윤예원과 딸아이가 서 있었던 자리에 김세영이 서 있다.
> 박영일은 잠시 멍하니 김세영을 바라보고 있다.

김 세영 대장! 백호는 식인 범이 아니래요.
이 응식 젠장! 어쨌든 우린 저놈을 잡으러 백두산에 온 거라고.

> 이응식은 백호를 가까이 보기 위해 절벽으로 다가간다.
> 백호는 150m쯤 떨어진 거리에서 박영일과 일행을 노려보고 있다.

이 응식 지금 저기 멍하니 서 있소. 뭐 하는 거요 형님?
박 영일 아직 저놈이 식인 범인지 확실치 않다.
이 응식 무슨 소리요? 저놈 몸값에 지금 그런 일을 따지고 있소?

> 박영일은 바우와 단우, 백두가 친근하게 서로의 냄새를 맡고는 반가워하는 모습을 본다.
> 그리고 세 마리 풍산개는 절벽 쪽으로 다가와 백호에게 꼬리를 흔들고 주변을 돌며 컹컹댄다.
> 김세영도 박영일 옆으로 와서 풍산개들을 본다.

김 세영 이 녀석들이 바우 형제들이래요. 단우하고 백두라고.

이 응식 이런... 정말. 그런 같잖은 얘기나 할 땐가? 엽총 이리 내요. 내가 쏠 테니까.

> 이응식이 박영일의 엽총으로 손을 뻗으려 할 때 총소리가 들린다.
> 박영일과 일행은 거의 반사적으로 백호 쪽을 바라본다.
> 백호에게서 많이 벗어난 바위에 총알이 맞는다.
> 총소리가 난 곳을 돌아보니 김세영과 이응식이 왔었던 길에 이만호가 서 있다.
> 이만호는 왼쪽 어깨가 빠진 탓에 엽총의 개머리판을 겨드랑이 사이에 끼우고 방아쇠울을 바깥쪽으로 젖혀서 장전한 후 어렵게 한쪽 팔로 엽총을 들어 다시 방아쇠를 당긴다.
> 이번 총알이 백호의 앞발 부근 땅에 맞자 백호는 성난 표정으로 으르렁댄다. 그리고는 서서히 걸음을 옮겨 나무들 사이로 사라진다.
> 이만호는 백호가 사라지자 들고 있는 엽총을 집어 던지고 빠진 어깨를 부여잡고 자리에 풀썩 주저앉는다.

이 만호 저 시로오니는 내 거야. 아무도 건들지 말라! 알간? 다시 근처에 얼씬거리다간 다 죽는지 알라우.

박 영일 오랜만이다.

> 정신 나간 사람처럼 흥분해있던 이만호는 박영일의 얼굴을 자세히 살펴본다.

73. 도토리 마을 전경 ➡ 방안 / 밤

> 어두운 밤.
> 6년 전과 별반 달라 보이지 않는 도토리 마을의 전경.
> 마을 사람 몇몇이 작은 집 주위를 둘러싸고 방안을 들여다본다.
> 방안에는 다친 이만호, 김영산, 강칠두가 있고 그들을 치료하고 있는 윤종도와 박영일이 보인다.
> 문밖에서 안을 들여다보고 있는 마을 사람 중에는 전에 이만호와 같이 사냥에 동원되어 백호를 몰았었던 몰이꾼 1, 2, 3도 보인다.
> 남자들과 여자들은 못마땅한 표정으로 수군거리고 있다.
> 왼쪽 어깨와 팔까지 부목을 대고 무명천을 칭칭 감고 있는 이만호는 벽에 기댄 채 악이 받힌 표정으로 자책하듯 벽에 자신의 뒷머리를 쿵쿵 짓이기며 분을 삭이고 있다.
> 나란히 누워있는 김영산, 강칠두를 살펴보는 윤종도.
> 마치 귀신을 본 듯한 표정으로 새하얗게 질린 얼굴로 몸을 바들바들 떨고 있는 김영산.

윤 종도 　　이 영산이 놈은 총알 맞은 것보다 백산군의 범 기운을 쏘인 게 더 문제 같다.

박 영일 　　범 기운이요?

이 만호 　　(벽에 머리를 찧는다.) 젠장! 젠장!

윤 종도 　　심신이 허약한 체질 사람이 갑자기 산중에서 신령기 있는 범을 만났을 때 아무 피해도 보지 않았는데 그날로 시름시름 앓다가 몇 달 만에 죽어 버리는 경우가 간혹 있지.
이놈이 그런 경우 같아.

박 영일	그래도 몇 년간 사냥했던 놈인데 설마 그깟 일로...
몰이꾼 1	(나이 50줄의 남자가 대화에 끼어든다.) 네가 백산군을 몰라서 하는 얘기야. 그 범은 사람이 잡을 수 있는 짐승이 아니야. 기런 영물을 들쑤셔 놨으니 저리 돼도 마땅하디.
여자 1	기럼요. 저놈들이 마을에 한 짓을 생각하면 백번 당해도 싸디요.
여자 2	아유! 당장 몰아내라요. 왜 마을 안에 들입네까?
윤 종도	조용히들 하라. 일본 놈들 돈에 눈이 멀어 백산군 잡겠다고 따라나선 사람들이 누군데 그러는가?

> 윤종도의 호통에 조용해지는 무리.
> 이번엔 강칠두를 살피는 윤종도.
> 끙끙대며 고통스러워하는 강칠두.

윤 종도	칠두 놈도 상태가 좋진 않구먼.
박 영일	우선 급한 데로 양귀비즙을 좀 먹였습니다.
윤 종도	약효가 떨어지면 무척 괴로울 게야. (이만호를 바라보며) 만호야! (대답도 없고 윤종도를 돌아보지도 않는 이만호. 좀 큰소리로 호통을 친다.) 만호야! 이놈아! (그제야 고개를 돌려 윤종도를 돌아본다.) 이 녀석들 상태가 심각하다. 무리를 해서라도 내일...

이 만호 (윤종도의 말을 끊는다.) 내래 알아서 할 테니까 걱정하지 마시라요. 내일 중으로 시로오니를 잡아 산에서 내려갈 테니.

윤 종도 네가 아직도 정신을 못 차리고 백산군 타령이냐? 한쪽 눈에 한쪽 팔로 뭘 잡겠다는 게야? 그러다 정말 죽고 싶은 것이냐?

이 만호 (버럭 소리를 지른다.) 상관하지 말라 했잖소? 어차피 시로오니를 못 잡아가면 죽은 목숨이요.

> 이만호는 다시 벽에 뒷머리를 찧는다.

74. 도토리 마을 내 어느 집 부엌 안 / 밤

> 40대 중반의 달분네가 아궁이에 얹어져 있는 솥단지를 열자 구수한 밥 냄새와 함께 허연 수증기가 피어오른다. 김세영도 솥단지에서 올라오는 밥 냄새를 맡는다.

달분네 (큰 나무 주걱으로 밥을 뒤집어 섞는다.) 고슬고슬 잘 됐다. (밥그릇에 밥을 담으며) 그놈들이 뭐이가 예쁘다고 이런 밥까지 차려주라 하는가?

김 세영 (밥그릇을 건네받고 세명 분의 수저와 찬이 마련되어 있는 소반에 올려놓는다.) 이 마을 분들하고 아까 그 세 아저씨들하고 무슨 일이 있었나 봐요?

달분네 (솥 옆을 박박 긁는다.) 말도 마라.

원래가 우리 마을에서 낳고 자란 젊은이들
아니겠니? 기런데 요 몇 년 동안 저놈들이
일본놈들 앞잡이 노릇함서 마을에서 얼마나 많은
사냥감을 걷어 갔는지...
다 모아 놓으면 한성에다가 큰 포목점 몇 개는
차릴 값어치일 끼야.
(**주걱에 붙은 밥풀을 입으로 떼먹으며**)
게다가 요즘은 한해에 범을 3마리씩 잡아
바치라며 일본 순사들하고 와서리 젊은 포수들을
끌고 가 범 사냥을 혹하게 시키니 젊은 놈들 중에
몸이 성한 놈이 있어야디...
몇 년 만에 온 영일이 녀석도 달갑지 않티만
짝눈이 하고 친구 녀석들은 참으로 경을 쳐야 할
놈들이야.

> 다시 밥 한 그릇을 퍼 김세영에게 넘기는 달분네.
> 그때 부엌 문지방에 등을 보이고 앉아 있던 이응식이 땅바닥을 발로 차며 화풀이를 해댄다.

이 응식 참말로 짜증 나네.

김 세영 (**소반에 밥그릇을 내려놓으며**) 아저씨는 아직도 그 생각이에요?

이 응식 (**김세영을 돌아본다.**) 아니 형님이 무슨 생각으로 그랬는지 모르겠다. 그놈 몸값이 얼만데 사람을 해코지했다 안 했다 따지고 있냐?

김 세영 아저씨는 돈밖에 몰라요?

이 응식　　그럼 범잡이를 돈 벌라고 하지 또 다른 뜻이 있나?

달분네　　여봐라! 와 기렇게 문지방을 깔아 앉고 있네? 복 달아나게스리. 날래 엉덩짝 못 떼네?

이 응식　　에이!

> 일어서서 엉덩이에 묻은 흙을 털어내는 이응식.
> 길 아래쪽에서 윤종도와 박영일이 걸어 올라온다.
> 그 뒤를 바우와 단우, 백두가 따라온다.
> 윤종도가 부엌 안쪽을 들여다보며 묻는다.

윤 종도　　달분네! 밥은 다 됐는가?

달분네　　(건성으로 대답한다.) 예!

윤 종도　　그럼 지금 좀 갖다주게나.

달분네　　싫소. 짝눈이 자식이 뭐이가 예쁘다고... 딴 사람 시키시라요.

윤 종도　　참 네...

김 세영　　(소반을 이응식에게 넘기며) 자! 아저씨가 밥값 좀 해요.

이 응식　　칫! 밥상 날라주는 거로 밥값이 되면 세상에 굶는 놈 하나 없겠다.

> 불평하면서도 소반을 받아들고 부엌을 나서는 이응식.

윤 종도　　(김세영을 바라보다 박영일에게) 저 애는 예원이가 쓰던 방을 쓰라 하면 되겠나?

박 영일　　예! 감사합니다.

윤 종도　　그래, 그럼 가지! 수고했소. 달분네!

달분네　　(누룽지를 박박 긁는다.) 예!

> 앞장 서가는 윤종도. 박영일이 김세영에게 가자는 손짓을 한다.

김 세영　　(쭈뼛거리며) 어! 여기 아직 설거짓거리가 남았는데요.

달분네　　아유! 이깟 게 뭔 일거리라도 되네? 여긴 됐으니까네. 어서 가서 쉬라우.

> 등 떠미는 달분네 때문에 김세영은 꾸벅 인사를 하고 부엌을 나선다.

75. 도토리 마을 집 방안 / 밤

> 방문이 벌컥 열리더니 이응식이 소반을 먼저 방안에 들여놓고 자신도 방안으로 들어온다.
> 다시 소반을 들고 이만호의 앞으로 다가오는 이응식.
> 그런 모습을 이만호가 빤히 쳐다보고 있다.

이 응식　　(소반을 내려놓으며) 여기 있소! 저녁내 아무것도 못 먹을 테니 요기나 허슈.
(김영산과 강칠두를 둘러본다.) 어이구! 이 형씨들은 식사가 힘들겠네.
아무튼 세 사람분을 가져왔으니까 형씨가 다

드시든 남기시든 알아서 하쇼.

방을 나가려고 하는 이응식.

이 만호 너 이름이 어케 되네?

이응식은 기분이 나빠서 뒤를 돌아봤지만, 독기 서린 이만호의 눈을 마주하고는 꼬리를 내린다.

이 응식 왜 다짜고짜 반말이 쇼?
이 만호 영일이 발짝꾼 노릇한지는 오래됐는가?
이 응식 2년 넘었소.
이 만호 그래? 그럼 돈은 좀 많이 벌어 놨겠구먼?

이만호는 기분 나쁜 미소를 띠며 문가에 서 있는 이응식을 바라본다.

76. 윤 예원의 방 / 밤

작은 등잔불이 방안을 밝히고 있다.
방안은 깨끗하고 작은 방에 어울리지 않을 정도로 큰 의걸이 하나가 가재도구 전부다.
이층장처럼 생긴 의걸이는 안에 이불을 넣거나 옷을 걸어 놓게 돼 있는 산속 마을에 있기에는 호사스러워 보이는 가구이다.
김세영과 박영일은 등잔불을 가운데 두고 방 가운데 앉아 주변을 둘러본다.

박 영일　　이불은 저 의걸이 안에 있을 거야.
김 세영　　(방바닥을 손으로 더듬는다.) 와! 불까지
　　　　　넣어주셨어요. 따끈따끈해요.
박 영일　　그래! 어제 판잣집하곤 천지 차이지?

> 김세영은 아이처럼 즐거워하며 일어나 170cm 높이의 의걸이로
> 다가가 2층 문을 젖힌다.
> 의걸이 안에는 문보다 약간 낮게 들어간 바닥에 푹신한 이불과
> 요가 개어져 있고 예쁜 베개도 올려져 있다.
> 그리고 천정의 중간을 가로질러 있는 횃대에 여자의 한복이
> 구겨지지 않도록 걸려 있는데 무척 고운 빛깔의 한복이다.
> 김세영은 한복을 한참 본다.

박 영일　　두령님께서 너한테 주라고 하시더라. 지금은 좀
　　　　　크겠지만 줄여 입으면 될 거다.
김 세영　　정말요? 이 옷을 저한테요? 저 이런 옷을 입어본
　　　　　적이 한 번도 없어요.

> 옷자락을 매만지던 김세영의 표정이 어두워진다.

김 세영　　이건 예전에 돌아가신 대장 부인 옷 아닌가요?
박 영일　　두령님의 딸이기도 하지.
김 세영　　그런데 그런 옷을 제가 받아도 되나요?
박 영일　　그 옷이 어울릴 만한 사람이 너밖에 더 있냐?
　　　　　맞는 사람이 잘 입으면 두령님도 기뻐하실 거야.

> 잠깐 김세영은 아무 말도 없다. 박영일은 조그맣게 들썩이는 김세영의 등을 바라본다.

김 세영　　고마워요. 아저씨.
사실 요 몇 달간 자포자기하는 심정으로 살았어요. 외삼촌의 노름빚 때문에, 가난 때문에 늙은 일본 고리대금업자한테 팔려 가야 한다는 게 너무 끔찍해서...
저는 이제 16살인데 앞으로 어떻게 살 수 있을까...
아마 그래서였을 거예요.
첨엔 아저씨네가 원망스러웠지만 제가 원해서 그런 일이 일어난 건 아닌가 하고요.
(잠시 말을 멈춘 김세영의 눈에서 눈물이 떨어진다.)
집에서 도망치고 싶었어요. 돈만 생기면... 저 혼자 도망치고 싶었어요. 엄마고 외삼촌이고 다 필요 없이 집에서 도망칠 돈만 있었으면 좋겠다고 생각했어요.
지긋지긋한 가난이 싫었고 저도 남들처럼 살고 싶었어요. 자나 깨나 바라던 일이었는데 저 때문에 그런 일이 일어난 것 같아서...
엄마한테 너무 미안해요.
무작정 아저씨를 따라 왔는데...
잘 대해주셔서 고마워요. 아저씨.

> 눈물을 흘리며 의걸이 앞에 서 있는 김세영의 뒷모습을 박영일이 말없이 바라본다.

77. 도토리 마을 공터 / 밤

> 마을에서 가장 큰 윤종도의 집 앞 공터에 큰 나무가 있고 밑에는 작은 평상이 있다.
> 윤종도가 그 평상에 긴 곰방대를 물고 앉아 있다. 발밑에 백두와 단우가 엎드려 있다.
> 윤예원의 방문을 열고 마루로 나오는 박영일.
> 바우가 마루 밑에서 벌떡 일어서 박영일을 맞는다.
> 미투리를 신고 마을 공터로 내려오는 박영일과 바우.
> 평상에 앉아 있는 윤종도의 옆에 와 앉는다.

윤 종도　　10년 전만 해도 밤늦게까지 이 공터에서 아이들이 모닥불을 피워놓고 웃고 떠들면서 옥수수나 개구리를 구워 먹곤 했지. 지금은 늙은이들만 남았어.
(잠깐의 침묵.)
너는 앞으로 뭘 하고 살 테냐?

박 영일　　그간 모아 놓은 돈으로 집을 사고 작은 가게나 차려볼까 생각 중입니다.
그리고 세영이 학교도 보내주고요.

윤 종도　　그래 잘 생각했다. 피붙이 없는 사람끼리 서로 도우면서 살아야지.

박 영일　　저하고 같이 산에서 내려가지 않으시겠습니까?
(잠시 윤종도의 표정을 살핀다.)
장인어른?

> 윤종도가 잠시 놀란 눈으로 박영일을 바라보다가 온 산이 울릴 정도로 크게 웃는다.

윤 종도　　하하하! 내가 살아생전에 네놈한테 장인어른 소리도 다 듣는구나.

박 영일　　(멋쩍어하며) 이제 연세도 있으시고 산도 예전 같지 않습니다.

윤 종도　　(웃음을 그치고 얘기한다.) 세월이 사람을 많이 바꾸긴 바꾸나 보다.
예전엔 눈도 못 마주친 놈이 나한테 장인이란 소릴 다하고...
처음에 널 봤을 때 천생 서생 같던 놈이 이렇게 범잡이로 살아갈 줄 누가 알았겠냐?
그때 결혼한 너희들을 마을에서 내쫓지만 않았어도 이 마을에서 지금 같이 살고 있었을 텐데...
(잠시 밤하늘을 올려다본다.)
여기서 낳아서 지금까지 늙었는데 어딜 가서 살겠냐?
심염감도 산에서 죽었다.
젊었을 때 둘이 짐승도 참 많이 잡았지.
물범, 줄범, 곰, 이리...

산한테 몹쓸 짓을 많이 했다.
그런 것치고는 대가가 크지 않지만...
(**멀쩡한 손가락이 두 개밖에 안되는 오른쪽 조막손으로 다친 왼쪽 무릎을 툭툭 친다.**)
그냥 이래 살다가 산에서 죽어야지.

> 윤종도와 박영일은 잠시 서로 말이 없다.
> 그때 3마리의 풍산개들이 벌떡 일어나 마을 어귀 쪽을 바라보고 긴장하며 으르렁댄다.

윤 종도 (**혼자 중얼거린다.**) 오늘도 왔는가?
(**박영일에게**) 와 봐라. 보여줄 게 있다.

> 곰방대를 놓고 일어서는 윤종도를 따라 마을 어귀로 향한다.

78. 도토리 마을 초소 / 밤

> 낡은 초가지붕에 벽도 없이 달랑 네 개의 기둥만 있는 허술한 구조의 초소.
> 한쪽 기둥에서 횃불이 타고 있다.
> 엽총을 메고 한 손엔 긴 창을 들고 앞쪽 숲속의 어둠을 응시하고 있던 김준범은 누군가 사다리를 올라오는 소리에 뒤를 돌아본다.
> 거의 수직에 가깝게 세워져 있는 3m 높이의 사다리를 윤종도가 천천히 올라오고 있다.

김 준범 (**윤종도가 올라오는 것을 돕는다.**)

	아니 두령님이 왜 힘들게 여까지 올라옵매?
윤 종도	그놈이 또 왔는가?
김 준범	온 것 같소. 숲속에서 어슬렁거리고 있는 것 같은데 눈으로는 보이지 않소.
	(윤종도를 따라 사다리를 올라온 박영일을 발견한다.)
	어! 자네도 왔는가?
박 영일	여기서 뭘 하시는 겁니까?
김 준범	불침번을 서디 않니.
박 영일	뭣 때문에 불침번을 서는데요?
윤 종도	육손이 때문이지. 네가 집에 갔다가 봤다던 곰 발톱 자국의 주인 말이야.
박 영일	육손이요?
윤 종도	그래 오른쪽 앞 발가락이 6개라 우린 육손이라고 부르지. 6년 전 심영감을 죽인 것도, 근래 백산군이 저지르고 다닌다는 인가 피해들도 알고 보면 거의가 이놈 짓이야. 늙은 만주 불곰인데 이때쯤 백두산으로 내려와서 횡포를 부리고 다니지.
박 영일	겨울잠은 안자는 겁니까?
윤 종도	그래! 잠도 안 자고 돌아다녀. 어쩌면 사람 손에서 키워지다가 버려져서 겨울잠 자는 방법을 모르는 걸지도 몰라. 추운 겨울이라도 먹이가 있으면 겨울잠을 잘 필요는 없는 거니까.

그때 세 마리의 풍산개가 초소 밑에서 긴장하며 짖는다.
"우워 우워" 거리는 곰 소리와 함께 나뭇가지들이 부러져 나가고
돌 밟히는 소리가 멀지 않은 곳에서 들린다.
윤종도는 김준범의 어깨에 있는 엽총을 잡는다.
그리고는 산 중턱을 향해 총을 한 방 쏘는 윤종도.
어두운 밤. 총소리가 울려 퍼진다.
잠시 후. 어둠 속에서 육손이의 화난 포효가 들린다.
박영일도 육손이의 소리가 나는 방향을 가늠하고 엽총을 들어
숲속을 향해 총 한 발을 발사한다.
바위에 맞고 부서지는 탄두가 불똥이 되어 칠흑같이 어두운
숲속을 아주 짧은 찰나 비춘다.
그곳에 육손이가 서 있다.
마을에서 얼마 떨어지지 않은 숲속에 두 뒷다리로 서서 앞발을
옆으로 한껏 벌리고 있는데, 일어선 키가 2.6m나 되는 엄청난
덩치를 가진 놈이다.
아주 짧은 순간이었지만, 눈에 남아있는 잔상 덕에 육손이의
오른쪽 앞 발가락과 가슴에 길게 그어져 있는 깊은 상처 자국 등을
확인할 수 있었다.
육손이는 총알에 불안했는지 서둘러 숲 안쪽으로 도망을 치는 것
같다. 멀어지는 고함과 함께 굵은 나무줄기들이 부러져 나가는
소리가 들린다.

박 영일 엄청난 놈이군요.

김 준범 성격도 엄청 포악해서리. 아침에 가보면 주변
나무들이 성치 못해있을 기야.

어두운 숲에서는 아직도 육손이가 걸음을 옮길 때마다
나뭇가지들이 부러져 나간다.

제 7장　마지막 싸움

79. 도토리 마을 공터 / 아침

안개 낀 아침. 까치와 이름 모를 작은 산새들 소리가 마을 주변을
덮고 있다.
몇몇 초가집에선 아침 준비로 굴뚝에서 흰 연기가 피어오르고 집
밖에서 부산스럽게 움직이고 있는 마을 사람들도 몇 명 보인다.
달분네가 문밖으로 나오더니 집 밖으로 돌아가 항아리 하나를
열고 옆에 놓여있던 장조랑 바가지로 된장을 한 움큼 퍼서 집
안으로 들어가다가 평상에 앉아있는 두령 윤종도를 발견하고 꾸벅
인사를 한다.
달분네의 인사를 받고 다시 마을 어귀 길을 바라보는 윤종도.
누군가를 계속 기다리고 있는 눈치다.
그때 윤종도 집 건넛방, 윤예원의 방문이 열리고 김세영이 나온다.

김 세영　　(윤종도에게 다가와)
　　　　　밤새 안녕히 주무셨어요?
윤 종도　　그래! 잘 잤냐?
김 세영　　예! 방도 따뜻하고, 이불도 좋고, 잘 잤어요.
윤 종도　　다행이구나.

김 세영	감사합니다. 두령님. 예쁜 옷도 주셔서요.
윤 종도	마음에 드냐?
김 세영	그럼요. 그냥 감사하죠. 그런 예쁜 옷 입어본 적도 없거든요.
윤 종도	네 어머니도 그런 옷을 입혀보고 싶었을 게다.
김 세영	**(어머니란 말에 잠시 표정이 어두워지지만 이내 밝은 표정으로 분위기를 바꾼다.)** 아! 아침 식사 안 하셨죠? 제가 차릴게요.
윤 종도	아니다. 아침은 달분네가 짓고 있다. 있다가 같이 먹자꾸나.
김 세영	예! **(마을 어귀를 바라보는 윤종도를 보며)** 그런데 누굴 기다리세요?
윤 종도	종일이를 기다리고 있다.
김 세영	숯장이 아저씨요?
윤 종도	그래! 이 녀석이 오늘 아침 나머지 숯을 가지고 오기로 했는데 꽤 늦는구나. 오늘내일 쓸 숯이 없는 건 아니지만 이런 적이 없었는데.
김 세영	제가 갔다 와 볼까요?
윤 종도	네가? 아니다. 번거롭게 뭐 하러.
김 세영	아니에요. 바쁜 일이 있는지도 모르니까 제가 가서 숯을 받아올게요.
윤 종도	아니야 가져올 숯도 꽤 많고 아침내 갔다 오기엔 너무 멀어.
김 세영	응식이 아저씨 깨워서 빨리 갔다 올게요. 걱정하지 마세요.

> 윤종도가 좀 더 말려보려 하지만 김세영은 벌써 이응식이 묵고 있는 집 쪽으로 뛰어가고 있다.

윤 종도 　　녀석도 참. 선머슴이구먼.

> 김세영의 뒷모습을 바라보는 윤종도의 얼굴에 웃음이 번진다.

80. 숲길 / 아침

> 도포 차림에 흑립을 쓴 상인 한 명과 허름한 패랭이를 쓴 일꾼 두 사람이 산길을 올라오고 있다.
> 일꾼들의 등 뒤에는 빈 지게가 지어져 있다.

일꾼 1 　　아직 멀었습네까?

상인 　　아! 다 왔다니까. 왜 이리 보채나?

일꾼 2 　　너무 멀어 그러잖소. 안 그래도 근래 산속이 흉흉한데 밑에서 하신 얘기랑 판이하니끼니 보채는 것 아니겠습?

상인 　　참 내! 사람들 성질하곤. 정말 다 왔으니까. 믿으라! 믿어!

> 얼굴을 찡그리며 툴툴대는 일꾼들.

상인 　　아! 저기 봐라. 내 다 왔다 그랬잖니?

> 상인은 일꾼들을 돌아보고 숲길 앞쪽을 가리킨다.
> 언덕 위쪽으로 뽀얀 연기가 올라오는 것이 보인다.
> 빨라진 상인의 걸음을 쫓아 일꾼들의 걸음도 빨라진다.

81. 염씨의 숯 굽는 작업장 / 아침

> 숯가마 중 하나만 불이 붙어 있는데 불길이 세지 않다.
> 상인과 일꾼들이 작업장에 들어서자 나뭇가지에 앉아있던 까마귀 한 마리가 검은 눈동자를 굴리다가 날아오른다.

상인 아니 이 사람이 아직 안 일어난 기야? 염씨!

> 염씨를 부르며 숙소로 쓰이는 판잣집으로 향하는 상인. 그 뒤를 일꾼들이 조심스레 쫓아간다.
> 판잣집은 문이 활짝 열려 있었다.

상인 아 사람아! 숯 안 팔아?

> 상인은 판잣집 문 안으로 들어서려다가 까마귀들이 튀어나오는 바람에 소스라치게 놀란다.
> 10여 마리가 넘는 까마귀들이 문 안쪽에서 튀어나와 작업장 하늘 위에서 빙빙 돌며 울어 댄다.
> 뒤쪽에서 그 모습을 지켜보는 일꾼들은 꺼림칙해 판잣집 근처로 더는 다가가지 않는다.
> 그때 상인이 비명을 지르며 뒤로 넘어진다.

상인 　　　　으악!

일꾼 1 　　　　왜... 왜 그럽네까?

> 상인은 덜덜 떨며 당황해서 뭔 말인지 모를 말을 더듬거리고 있다.
> 일꾼들이 조심스럽게 다가와 상인을 부축하여 일으키다 문안을 들여다보곤 자신들도 소스라치게 놀란다.
> 세 명의 얼굴에서 핏기가 사라지고 누가 먼저랄 것 없이 지게도 내팽개치고 줄행랑을 친다.

82. 숲길 / 아침

이 응식 　　　　흐아암... 아이고 졸리다.

> 김세영의 뒤에서 하품하며 걷는 이응식.
> 김세영과 이응식 둘 다 지게를 지고 있다.
> 풍산개 백두와 단우는 산책하는 양 신나서 앞장서 걷고 있다.

이 응식 　　　　왜! 귀찮게 일을 만들어?

김 세영 　　　　신세 지면서 그렇게 늦잠 자는 사람이 어디 있어요?

이 응식 　　　　형님도 아직 안 일어났잖아.

김 세영 　　　　대장은 밤새 불침번 서셨다면서요. 자기 입으로 그렇게 말해 놓고.

이 응식 　　　　야! 그리고 뛰어다니면서 짐승 쫓는 발짝꾼한테 이런 지게가 말이나 되냐?

김 세영 　　　　두령님이 시키신 일이에요. 군소리 말아요.

이 응식	저 개들은 또 뭐야?
김 세영	요즘 곰이 많이 돌아다니니까 데려가라고 하셨어요. 근처에 곰이 있으면 쟤네가 먼저 알려줄 거라고. 바우는 박영일 아저씨 근처에서 꿈쩍도 안 하잖아요. (좀 쳐지는 이응식을 돌아보며) 발짝꾼이 왜 이렇게 굼떠요 빨리 좀 걸어요.
이 응식	아! 아침도 못 먹어서 그러잖아.

> 그때 백두와 단우가 앞쪽 길을 보고 가볍게 짖는다.
> 언덕길을 올려다보니 상인과 일꾼 두 명이 허겁지겁 달려오고 있다.
> 김세영과 이응식을 보고 멈춰서는 3명의 일행.

상인	지금 어디 가는 거네? 행여 숯장이 염씨네 가는 거라면 이 길로 돌아가는 게 좋을 거야.
이 응식	뭔 일인데 그러쇼?
일꾼 2	그 집 사람들이 다 죽었어. 요 밤새 짐승들이 덮친 게 틀림없다.
일꾼 1	짐승들은 무슨. 시로오니 짓이야. 그렇게 어른 둘을 죽여 놓은 것을 보면 시로오니가 틀림없디.
김 세영	어른 둘요? 아기는요?
상인	아기?
이 응식	시로오니가 확실합니까?
일꾼 1	맞다 그러네. 그놈 짓이라.

김 세영 정말 염씨 아저씨하고 종일이 아저씨가 죽었어요?

상인 (김세영을 보고) 염씨 친척인가?

김 세영 아기는요. 아저씨. 아기 못 보셨어요?

상인 모른다. 아무튼 우리는 기겁을 해서 도망쳐 왔으니까니.

> 김세영이 지게를 벗어 던지고 서둘러 뛰기 시작한다.

상인 (뛰어가는 김세영의 등 뒤에 소리친다.) 아니... 지금 하는 소리 못 알아들었네?

이 응식 (곤란한 표정을 짓는다.) 아이고.

일꾼 2 가이네가 겁도 없다. 지금 거기로 가볼 셈인가?

> 백두와 단우도 김세영의 뒤를 쫒는다.
> 이응식도 지게를 벗어버리고 뛰기 시작한다.
> 상인과 일꾼들은 황당한 듯 그들의 뒷모습을 바라본다.

83. 염씨의 숯 굽는 작업장 / 아침

> 단조롭게 짖어대는 백두와 단우의 소리가 들린다.
> 뛰고 있는 이응식의 시선에 염씨의 판잣집이 들어 온다.
> 백두와 단우가 판잣집 문 앞에 서서 이응식을 바라보며 짖고 있고
> 작업장 위에는 까마귀들이 시끄럽게 울어댄다.
> 이응식이 문으로 다가가자 풍산개들이 옆으로 비켜선다.
> 판잣집 안을 본 이응식은 충격을 받는다.

찌푸린 얼굴로 좀 더 안쪽 상황을 살펴본 이응식은 밖으로 나와 바닥을 살핀다.
김세영이 숨을 헐떡이며 작업장으로 들어온다.
곧장 판잣집으로 다가가는 김세영을 이응식이 막는다.

이 응식　　안돼 가지 마! 보면 안 된다.
김 세영　　(눈물이 글썽인다.) 정말 돌아가셨어요?
이 응식　　그래. 두령님이 말한 육손이라는 곰 짓인 것 같다. 6개짜리 발자국이 사방에 찍혀있어.

백두와 단우가 바닥 냄새를 맡으며 어디론가 향한다.

김 세영　　아기는요? 아기도요?
이 응식　　몰라! 보이지 않아.

그때 숯가마 뒤쪽에서 짖는 백두와 단우.
풍산개들 쪽으로 다가가는 이응식과 김세영.
풍산개들은 숯가마 뒤쪽으로 나 있는 좁은 길을 가리키고 있다.
김세영이 백두의 발밑에 흰색 물건이 떨어져 있는 것을 발견하고 얼른 줍는다. 염씨의 손자가 신고 있었던 아기 발싸개 한 짝이다.

김 세영　　이건 아기가 신고 있던 거예요.

이응식이 길을 살핀다.
바닥에 곰 발자국이 나 있고 부러진 나뭇가지에는 뻣뻣한 곰 털이 박혀있다.

이 응식 이쪽으로 지나갔어.

김 세영 아저씨! 육손이가 아기를 물어갔다고요.

이 응식 (소리친다.) 그래서 어쩌라고?

김 세영 찾으러 가야지요.

이 응식 우리 둘이서? (**백두와 단우를 가리킨다.**) 이 개 두 마리 믿고?

김 세영 백두하고 단우는 곰 사냥개라고 했어요.

이 응식 그래도 총 없이는 안돼. 불곰은 머리에 총을 맞아도 비켜 맞으면 튕겨내는 놈들이야.
총 한두 방엔 죽지도 않는다고.

김 세영 뭐예요. 아저씨? 곰은 돈도 안 된다는 거예요?
아이가 물려갔다고요.

이 응식 바보 같은 게!
물려간 지 한 식경**[약 30분: 밥 한 끼를 먹을 시간: 食頃]**도 넘었어.
벌써 죽었다고. 지금 쫓아가서 육손이 배만 불려주게?

김 세영 (노려본다.) 백호가 잡혔을 거라며 성질내고 숲으로 뛰어 들어갈 때는 앞뒤 사정 가리지 않더니 지금은 귀찮은가 보죠?

이 응식 뭐야?

김 세영 그때 정말 백호가 다른 사냥꾼 손에 잡힌 걸 발견하면 어쩔 셈이었는데요?
등치기라도 해서 사냥꾼들 죽이고 백호 거죽을 뺐을 셈이었어요?

이 응식 너... 미쳤어?

김 세영 바우가 왜 아저씨를 안 따르는지 알 것 같네요.
(풍산개들에게) 가자!

> 숲길로 뛰어 들어가는 김세영. 풍산개들이 뒤를 따른다.
> 이응식은 김세영이 사라지는 뒷모습을 바라보다 초조한 듯 주변을 서성인다. 그리고 무슨 생각이 났는지 갑자기 산 위쪽을 향해 뛰기 시작한다.

84. 도토리 마을 내 박영일이 자고 있는 방안 / 아침

> 시끄러운 소리에 박영일이 눈을 뜬다.
> 문풍지 사이로 사람들의 소리가 들린다.

일꾼 1 시로오니가 틀림없습네다.

상인 어쩌면 좋소 두령님? 우리는 이제 산도 못 내려가겠소.

윤 종도 다 죽은 게 확실한가? 혹시 숨이라도 붙어 있지 않던가?

상인 어디요. 그 상황을 보셨으면 그런 생각은 요만치도 안 들거우다.

윤 종도 이 사람들아! 그렇더라도 여자아이가 겁 없이 거길 가는데 말리질 않았는가?

일꾼 2 말릴 새도 없이 득달같이 뛰어갔다니까 기러시네.

박영일은 놀라 눈이 커져서는 벌떡 몸을 일으킨다.
문이 벌컥 열리자 문 앞에 엎드려 있던 바우가 놀라서 일어난다.
문에 상체를 걸치고 밖을 내다보는 박영일과 마을 공터에 모여 있는 사람들 눈이 마주친다.
상인과 일꾼 두 명, 그리고 윤종도와 마을 사람들 몇 명이 보인다.

박 영일 　　　지금 그게 무슨 소립니까?

85. 이만호가 묵는 방 / 아침

이만호가 문에 귀를 대고 밖의 대화를 엿듣고 있다.
이만호의 입가에 미소가 번진다.

86. 숲속 / 오전

우는 염씨 손자의 발이 덜렁덜렁 흔들리고 있다.
한쪽 발에는 흰색 아기 발싸개가 있지만 다른 쪽 발은 맨발이다.
염씨 손자의 목덜미 쪽 옷깃을 물고 뛰던 육손이가 잠시 뒤를 돌아보자 멀리 백호가 보인다.
백호와 육손이의 간격이 점점 좁아진다.
하는 수 없이 멈춰 서서 물고 있던 아기를 바닥에 내려놓고 뒤돌아 백호를 노려보는 육손이. 백호가 가까이 다가오자 벌떡 두 뒷다리로 버티고 일어서서 앞발을 힘껏 펼치고 포효를 한다.
2.6m의 키에 500kg에 육박하는 무게의 곰 앞에서도 백호는 물러서지 않고 맞서 포효를 한다.
그 기세에 육손이는 앞발을 내리고 꽁무니 뺀다.

도망가는 육손이의 뒤를 계속 쫓으려고 할 때 백호의 눈에 울며 기어가는 아기가 보인다.
염씨의 손자는 울면서 정신없이 흙길을 기어 바위 위로 올라가고 있다.
앞쪽은 3m 높이의 허공이다.
백호는 아기의 앞에 자신의 얼굴을 들이대 막는다.
기어가기를 멈춘 아기는 자신 앞에 나타난 방해물을 울며 주먹으로 마구 후려친다.
아기의 주먹에 코를 정확히 맞고 시큰해 당황하는 백호.
기어가기를 멈추고 그 자리에서 우는 아기를 백호가 잠시 물끄러미 바라보다가 목덜미 옷을 덥썩 문다.

87. 다른 숲속 / 오전

김세영이 잠시 멈춰 주변을 둘러본다.
백두와 단우도 보이지 않고 혼자 길을 잃은 것 같다.
숨이 거칠다. 당황스러운 표정으로 길을 살피는데 어디선가 아기 우는 소리가 작게 들린다.
아기 우는 소리를 따라 뛰는 김세영.
소리가 무척 가까워졌을 때 김세영은 앞에 펼쳐진 광경을 보고 몸이 굳어 버린다.
엄청난 크기의 백호가 염씨의 손자를 입에 물고 걸어오고 있다.
김세영은 몸이 움직이지 않는다.

88. 바위 언덕 / 오전

조심스럽게 바위 언덕을 오르는 육손이.
포복하듯 몸을 낮추고 바위 끝까지 올라와 바위 너머, 언덕 아래쪽을 내려다본다.
언덕 아래쪽에 김세영과 아기를 물고 있는 백호, 그리고 두 마리 풍산개가 보인다.

89. 바위 언덕 밑 숲길 / 오전

김세영은 그제야 백호의 옆에서 따라 걷고 있는 백두와 단우를 발견한다. 두 마리 풍산개는 어미를 만난 강아지 마냥 폴짝폴짝 뛰며 백호를 따라오고 있다.
백호는 망설임 없이 김세영 쪽으로 걸어온다.
처음보다는 공포감이 많이 누그러들었지만 아직 긴장을 늦추지 못하는 김세영의 앞으로 큰 백호의 머리통이 가까이 다가온다.
백호는 울고 있는 인간의 아기를 김세영의 발치에 천천히 내려놓는다.
재빨리 아기를 안아 올려 몸을 훑어보는 김세영.
아기의 몸에는 별다른 상처가 없어 보이고 울음도 그친다.
아기의 무사함에 기뻐하며 백호를 돌아보는 김세영.
가슴 높이에 있는 백호의 얼굴이 김세영을 빤히 쳐다보고 있다.
심호흡을 한번 크게 한 후 김세영은 용기를 내서 오른팔을 뻗어본다. 오른 손바닥이 백호의 널찍한 이마와 콧잔등 사이에 얹어진다.
김세영은 자신의 용기에 놀라면서도 말로 표현할 수 없는 환희를 느낀다.
백호는 뒤로 물러서지 않고 김세영이 자신의 머리를 쓰다듬도록 허락한다.
잠시 평온한 시간.
산의 고요를 순식간에 깨부수는 소리가 김세영의 오른쪽, 급한 경사의 바위 언덕 위에서 들린다.
뽀얀 흙먼지와 함께 바위 돌들이 굴러 내려오고 있다.
그리고 그 흙먼지 속에 육손이가 보인다.
살집이 많은 엉덩이와 무거운 몸무게 덕에 육손이는 높은 바위 언덕을 엉덩이로 미끄럼 타듯 빠르게 백호와 김세영 쪽으로 미끄러져 내려온다.
백호는 재빠르게 뒤로 물러난다.
육손이의 엄청난 몸무게와 가속도 때문에 육손이가 덮쳐온 순간에는 땅바닥이 크게 울리며 작은 나무 몇 그루 뽑혀 나가는 소리가 들린다. 계속 언덕에서 굴러떨어지는 흙먼지와 바윗돌 때문에 주변이 뿌옇다.
육손이가 백호를 공격하려고 앞발을 휘두르는 찰나, 공격을 위해 벌어진 육손이의 앞가슴으로 백호가 파고 든다.
뒷다리로 버티고 서서 육손이의 목 밑을 물고 늘어지는 백호.
육손이도 가슴으로 파고든 백호를 양 앞발로 꽉 끌어안는다.
육손이의 앞발 힘에 백호의 등 뒤 뼈마디에서 뿌드득 소리가 난다.
백호가 물고 있는 아가리를 더 비틀고 왼쪽 앞발을 뻗어 육손이의 얼굴 쪽을 공격해 보지만, 육손이도 앞발의 조이는 힘을 풀지 않는다.
그때 풍산개 단우가 달려들어 육손이의 뒷다리를 물고 잡아당긴다.
휘청거리는 육손이.
넘어지는 쪽으로 앞발을 뻗어 나무줄기를 잡아 보지만, 힘없이 부러지고 육손이의 몸은 언덕 밑으로 떨어져 버린다.
육손이의 앞발에서 풀려난 백호는 언덕 끝에 간신히 걸려 있다.
백호가 몸을 끌어 올린 후 밑을 내려다보니 6m 아래 육손이가
널브러져 있다.
잠시 후. 육손이는 둥글게 몸을 말더니 일어서서 산 밑쪽으로 뛰기
시작한다.
뛰어내릴 곳을 찾는 백호의 움직임. 하지만 여의치 않은지
언덕에서 물러나 주변 지형을 살핀다.
주변을 둘러보다가 풍산개 단우를 발견한다.
아기가 우는 쪽으로 다가가는 단우.
단우가 멈춰서 내려다보는 곳에는 김세영이 누워있다.
김세영의 품에서 빠져나와 앉아서 울고 있는 아기와 옆구리에 큰
상처를 입고 고통스러워하는 풍산개 백두가 보인다.
하지만 김세영은 단우가 끙끙거리며 얼굴을 핥아도 움직이지
않는다.

90. 염씨의 숯 굽는 작업장 / 오전

염씨의 작업장에는 박영일과 두령 윤종도, 풍산개 바우, 그리고
도토리 마을 남자 몰이꾼 2, 3, 4가 와있다. 멍석이 얹어진 3개의
지게가 평상 주위에 기대어 있다.
몰이꾼들은 판잣집 입구에서 쭈뼛거리고 박영일은 주변을
살펴보고 있다.
평상에 앉아있는 윤종도에게로 박영일이 다가온다.

박 영일　　　육손이를 쫓아간 것 같습니다.

윤 종도 (평상에 앉아 왼손으로 이마를 감싼다.)
제발 무사해야 할 텐데...

그때 바우가 귀를 쫑긋거리며 숯가마 뒤쪽을 응시한다.
사람들도 아기의 울음소리를 듣는다.
작업장 내 모든 사람의 시선이 숯가마 뒤쪽을 향한다.
아기의 울음소리가 훨씬 가까워지고 숲속에서 하얀 백호가 모습을 드러낸다. 백호의 등위에 대각선으로 비스듬히 누워있는 김세영이 보인다.
백호는 사람들이 모여 있는 것을 보고 걸음을 멈춘다.
바로 뒤이어 단우가 아기의 목덜미 옷을 물고 나타난다.
힘들게 옮겨오는 도중 아기의 발끝과 무릎이 땅에 끌려 많이 지저분해져 있다.
그 뒤로 옆구리에 큰 상처를 입은 백두가 앞다리 한쪽을 들고 절룩거리며 걸어온다.
가장 많이 다친 풍산개 백두 외에도 단우와 백호의 흰색 털 곳곳이 붉은 핏자국으로 얼룩져 있다.
아기를 물어 옮겨온 단우는 거의 탈진한 상태로 사람들을 발견하자 바로 아기를 내려놓고 바닥에 주저앉아 혀를 길게 내빼고 헐떡거린다.
백호가 몸을 숙여 김세영을 미끄러뜨려 땅에 내려놓는다.
그리고 백호는 잠시 박영일을 노려보다가 다시 왔었던 숲속 길로 돌아서 사라진다.
아기가 계속 울고 있지만 모두 움직일 엄두를 내지 못하고 있다.
몰이꾼 4가 가장 먼저 개들과 김세영 쪽으로 다가간다. 박영일은 차마 김세영의 상태를 확인하러 가기가 두려운 표정이다. 몰이꾼

4가 김세영을 살펴볼 때 박영일은 눈을 감아버린다.

몰이꾼 4　　아이고! 보라요. 아직 살아있습네다. 숨이 붙어있시요.

박영일은 눈을 뜨고 김세영에게로 달려간다.

91. 산 능선 / 오전

다친 팔 때문에 서둘러 걷기가 불편한 이만호는 잠시 걸음을 멈추고 숨을 고른다.
뭔가를 찾으려 주변을 두리번거리는데 번쩍이는 것이 눈 시야를 방해한다. 왼쪽 눈언저리를 비춰 눈이 부시다.
이만호는 빛의 출처를 찾기 위해 산 위쪽을 올려다본다.
빛은 곧 사라지고 서서히 시야가 회복된다.
산 위쪽을 살피던 이만호의 얼굴에 미소가 번진다.
그리곤 바로 산 아래쪽을 굽어보더니 그 방향을 향해 뛰기 시작한다.

92. 염씨의 숯 굽는 작업장 / 오전

평상 위에 누워있는 김세영의 얼굴이 보인다.
잠시 후. 서서히 눈을 뜨는 김세영. 놀라 일어서려고 하다가 고통 때문에 흠칫 놀란다.

윤 종도　　이 녀석아! 누워있어라. 벌써 일어나면 안 돼.

김 세영 (누운 채로 주변을 둘러본다.)
두령님. 아기는요.

윤 종도 여기 있다. 네가 살렸어.

> 평상 밑쪽. 윤종도의 무릎에 앉아있던 아기가 김세영의 목소리를 듣자 웃으며 김세영의 다리를 붙잡고 얼굴 쪽으로 기어 온다.

김 세영 다행이다. 무사했구나.

윤 종도 사람들이 오면 마을로 옮길 테니 더 쉬어라.

> 다시 주위를 둘러보는 김세영.
> 작업장은 좀 정리가 되어있고 아기와 윤종도만 보인다.
> 그리고 김세영은 자신의 오른손에 박영일 머리에 묶여 있던 빨간 옷고름이 쥐어져 있는 것을 발견한다.

김 세영 대장은요? 영일이 아저씨는요.

윤 종도 육손이를 쫓아갔다.

김 세영 백호를 잡으러 간 건 아니죠?

윤 종도 그래.

김 세영 (자신의 오른손을 다시 살핀다.) 백호가 바로 앞에 있었어요.
아기를 데리고... 제가 머리를 쓰다듬어도 가만히 있었어요.
(눈물이 볼을 타고 주르르 흐른다.)
영일이 아저씨 괜찮겠죠?

윤 종도 그래. 무사히 돌아온다고 약속했다.

김세영은 박영일의 빨간 옷고름을 꼭 쥐어본다.

93. 숲속 / 정오

서둘러 산길을 뛰고 있는 백호의 앞쪽 길을 밝은 빛이 빠르게 움직이며 비춘다.
미친 듯이 움직이는 빛 때문에 눈이 부시다.
화가 난 백호는 멈춰 서서 뒤쪽을 돌아보고 주변을 살핀다. 빛은 이제 백호의 얼굴에 정확히 떨어져 더욱 시야를 방해한다.
산 위쪽에서 반짝이는 빛의 원인을 파악하려고 계속 살펴보지만 눈을 뜨기가 힘들다.
그때 총소리가 들린다.

94. 다른 숲 / 정오

하얀 무명천으로 뒷머리를 묶고 있는 박영일이 총소리를 듣고 뒤를 돌아본다.
박영일이 잠시 멈춰서 있자 앞서가던 바우가 “그쪽이 아닙니다. 이쪽이에요. 빨리요.”라고 하는 듯 컹컹 짖어댄다.
박영일은 바우를 믿고 뒤를 쫓는다.
박영일이 따라오는 것을 확인하자 바우도 다시 뛰기 시작한다.

95. 숲속 / 정오

잠시 정신을 잃었던 백호가 눈을 뜬다.

벌떡 일어서려다가 오른쪽 앞다리의 어깨에 힘이 풀려 잠시 비틀거린다. 어깨에서 피가 흘러내린다.
백호는 고통을 참으며 서둘러 숲속으로 몸을 숨긴다.
오른손에 엽총의 몸통을 쥐고 이만호가 나타난다.
땅에는 방금 흘린 핏자국이 선명하다.
핏자국은 나무가 많은 숲속으로 이어져 있다.
오랜 시간 쌓여 썩어있는 낙엽 때문에 발목까지 묻히지만 핏자국에만 신경을 쓰며 빽빽한 나무들 사이로 들어선다.
작은 소리에 놀라 부목 댄 왼팔과 오른손으로 힘겹게 조준을 해보는데 소리의 주인공은 큰 까치다.
다시 발밑을 확인하는 이만호는 핏자국을 놓쳤다.
큰 바위가 해를 가려 서늘한 응달을 형성한 곳에서 이만호는 쭈그리고 앉아 발밑을 더욱 샅샅이 뒤져 보는데 뒤쪽 핏자국은 보이지만 앞쪽 핏자국은 발견할 수가 없다.
까치 여러 마리가 울어댄다.
이제는 까마귀까지 이만호의 머리 위에서 울어댄다.
이만호는 등골이 서늘해짐을 느낀다.
이만호의 어깨 위에 떨어지는 핏방울.
재빨리 뒤로 돌아 나무 위를 겨냥하려 하지만 늦었다.
분비나무의 검게 빽빽이 들어찬 가지 사이에 웅크리고 있던 백호가 이미 뛰어내리고 있다.
황급히 뒤로 물러나던 이만호는 바위에 다리가 걸려 넘어지면서 오른쪽 다리가 바위틈에 끼어 꺾여버린다.
등을 기대고 넓적한 바위에 누워있는 자세로 너부러진 이만호는 엄청난 고통에 비명을 지르면서도 엽총은 놓치지 않는다.
정신을 차리고 다시 엽총을 겨누자 10m쯤 앞에 있던 백호가 총부리를 피해 바위 뒤쪽으로 몸을 숨긴다.
바스락거리는 소리와 마른 가지가 부러지는 소리가 사방에서 들린다.
정신 나간 사람처럼 소리가 나는 쪽으로 이쪽저쪽 몸을 돌려 총을 겨눠보지만, 오른쪽 다리가 바위틈 사이에 끼어 부러져서 몸을 일으키지도 못한다.
이만호는 엽총을 들고 공포에 떤다.

96. 산 밑 개활지 / 정오

바우의 뒤를 따라 숲을 벗어난 박영일의 눈앞에 넓고 평평한 개활지가 나타난다.
완만하게 산 밑으로 펼쳐진 개활지에는 나무도 거의 없고 낮은 바위 언덕만 간간이 솟아 있다.
개활지를 살펴보던 박영일의 눈에 덩치 큰 육손이의 뒷모습이 보인다.
육손이는 도망치듯 급하게 뛰고 있다.

박 영일 　　압록강을 건너려는 건가?

뛰고 있는 육손이의 얼굴에는 많은 상처가 나 있다.
오래된 상처들 사이에 콧등과 눈언저리에 오늘 백호가 만들어준 선명한 발톱 자국이 눈에 띈다.
특히 콧잔등의 상처에서 흐르는 피가 가쁜 숨을 쉴 때마다 콧구멍에서 방울방울 튀어나온다.
그러다 갑자기 멈춰 서서 코끝을 하늘로 쳐들고 킁킁거리는 육손이. 푸우! 하며 긴 숨을 내뿜자 콧구멍 밖으로 엷게 피가 뿌려진다.
좀 더 편안한 숨소리로 냄새를 맡던 육손이는 급히 방향을 바꿔 바위 언덕 쪽으로 뛰어간다.
육손이의 뒤를 쫓고 있는 박영일의 눈에 바위 언덕 뒤편으로 사라지는 육손이의 모습이 보인다.

박 영일 눈치를 챘구나.

하지만 박영일과 바우는 속도를 늦추지 않는다.

97. 숲속 / 정오

긴장하며 엽총을 들고 있는 이만호.
앞쪽에서 뭔가가 나뭇가지와 낙엽을 밟으며 가까이 다가오고 있다.
물체가 모습을 드러내자 방아쇠를 당길 뻔한 이만호.

이 응식 아! 조심하쇼. 쏘겠소.

이만호에게 다가오는 이응식. 손에 둥근 손거울이 들려있다.
이만호는 아직 총을 내리지 않는다.

이 응식 시로오니는 벌써 지 갈 길 갔소. 육손이란 놈을 쫓는지...
(턱으로 이만호를 가리킨다.) 그쪽은 안중에도

	없는 것 같소. 아니! 그런 좋은 기회에 그걸 놓쳐요? 진짜 범 사냥꾼 맞소?
이 만호	(총을 내린다.) 너는 다리 한 짝으로 짐승 쫓으라면 쫓갔네?
이 응식	(심하게 틀어져 있는 이만호의 오른쪽 다리를 본다.) 아니! 다리는 왜 또 그래요?
이 만호	젠장! 시로오니가 덮쳤었다. 산 위에서 계속 신호를 줬어야디.
이 응식	(뒤쪽 큰 바위를 가리킨다.) 이게 가리고 있어서 보이지도 않았소. (손거울을 던져버린다.)
이 만호	(오른손을 뻗으며) 나 좀 일으키라.
이 응식	어쩌게요?
이 만호	어쩌긴 쫓아야디.
이 응식	그 다리로 괜찮겠소?
이 만호	(버럭한다.) 잔말 말고 빨리 잡으라!
이 응식	어따. 성질머리하곤.

> 못마땅한 표정으로 이만호에게 다가가는 이응식.
> 이만호가 자신의 어깨에 오른팔을 얹자 확 잡아끌어 올려 일으켜 세운다.
> 이만호의 비명이 산을 울린다.

98. 개활지의 바위 언덕 / 정오

> 바우가 먼저 바위 언덕을 돌아 들어온다.

뒤따라온 박영일이 주변을 둘러봐도 육손이는 보이지 않는다.
땅을 훑으며 육손이의 냄새를 쫓던 바우는 바위 언덕 위쪽을
바라본다. 박영일도 바위 언덕을 올려다보려고 할 때 바우가
갑자기 짖어댄다.
벌써 바위가 굴러떨어지고 있다.
씩씩거리며 언덕 위의 바위를 밑으로 굴리고 있는 육손이.
바위들이 박영일과 바우를 향해 쏟아져 내리고 있다.
바우는 바위 언덕을 등지고 멀리 벗어나고 박영일은 피할 새 없이
바위 언덕 쪽으로 붙어 큰 바위의 아래쪽 공간으로 몸을 숨긴다.
다행히 공간이 넉넉해서 바위와 돌들은 박영일 앞쪽으로 떨어지고
있다.
하지만 잠시 후. 바위보다 훨씬 무거운 것이 떨어지는 소리와
충격이 박영일의 몸으로 전해진다.
뽀얀 흙먼지가 걷히자 먼지 속에 육손이가 서 있는 것이 보인다.
뒤따라 굴러떨어지는 바위 돌들이 육손이 몸을 치지만 신경 쓰지
않는다.
박영일에게 돌아선 육손이는 앞발로 발밑 땅을 후려쳐 휘두른다.
바위와 흙이 박영일에게 날아와 눈조차 뜨지를 못한다. 박영일은
흙과 돌 세례를 피해 더 물러나 보려 하지만 바위 밑에는 더는
물러날 수 있는 공간이 없다.
박영일이 어떻게 해서라도 총을 쏘기 위해 총구를 올렸을 때
육손이가 바위 밑 안쪽으로 오른팔을 쭉 뻗어 넣어 큰 호를 그리며
휘젓는다.
그 발톱 끝에 박영일의 옆구리 옷깃이 걸린다. 우드득 소리가
나더니 박영일의 몸은 순식간에 육손이의 발끝에 걸려 바위틈
밖으로 꺼내어져 공중에 뜬다.

땅바닥에 내팽개쳐져 한참을 구르다 멈춘 박영일은 옆구리에
통증을 느낀다. 육손이의 발톱에 걸린 옆구리 옷자락이 많이
찢기고 피가 배어 나오고 있다.
놓친 엽총을 찾아 두리번거리는 박영일.
바우가 뒤에서 짖으며 육손이 뒷다리를 물고 공격해보지만,
육손이는 관심을 두지 않는다.
박영일의 눈에 자신에게 달려드는 육손이가 보인다.
그리고 육손이의 뒤편에 떨어져 있는 엽총.
순간 바우가 앞으로 튀어나와 박영일 앞을 막아선다.
멈칫하던 육손이가 앞다리를 휘두르자 바우가 공격을 피하고
육손이의 가슴을 파고들어 목덜미를 물고 늘어진다.
그 틈을 타 엽총을 향해 달리는 박영일. 다리를 다쳐 뛰는 게
시원치 않다.
육손이는 별 충격이 없는 듯 자신의 목을 물고 있는 바우를 앞발로
잡고 바닥에 깔아뭉갠다.
땅과 육손이의 몸 사이에 낀 바우는 정신을 잃고 물고 있던 턱을
놓아버린다.
바닥에 널브러진 바우를 앞발로 치워버리는 육손이.
저만치 날아간 바우는 움직이지 않는다.
엽총을 향해 다리를 절며 뛰어가고 있는 박영일 앞을 막아서는
육손이.
박영일의 얼굴에 포효하며 으름장 놓는 육손이에게서 핏방울이
튄다.
성난 육손이의 눈동자에 박영일의 얼굴이 비치는데 갑자기 "퍽"
소리와 함께 육손이가 시야에서 사라진다.
박영일은 다시 자신의 엽총을 향해 달려간다.

두 다리로 벌떡 일어선 육손이가 괴로워하며 자신의 등 뒤에
달라붙은 백호를 떼어 보려고 앞발을 휘젓고 있다.
백호는 육손이의 등판에서 떨어지지 않으려고 굵은 목덜미를
앞발로 끌어안고 강한 턱으로 육손이의 옆 목에 이빨을 박아 넣고
있다.
앞발이 닿지 않자 육손이는 제자리에서 빙빙 돌며 백호를
떨어뜨려 보려고 안간힘을 쓰고 있다.
힘이 빠진 육손이의 목에서 숨을 쉴 때마다 쇳가루가 타 넘어오는
것 같은 소리가 난다.
몸부림치는 육손이의 시야가 흐릿해진다.
박영일은 바위틈 앞에 떨어져 있는 자신의 엽총을 집고 나서야
뒤를 돌아본다.
백호와 육손이가 엉켜있는 모습이 무척 거대해 보인다.
엽총을 겨눠보지만, 백호의 등판이 육손이의 등을 거의 가리고
있다.
박영일은 잠시 망설인다.
박영일의 검지가 방아쇠를 놓았다 다시 잡기를 반복한다.
그때 육손이가 앞다리를 땅에 딛고 백호를 등에 매단 채로 뛰기
시작한다.
멀어지는 육손이와 백호를 보다가 바우를 찾는 박영일.
바우는 좀 떨어진 풀밭 사이에 있다.
박영일에게 다가오려고 힘들게 용을 쓰고 있는 바우.

박 영일 　　(손바닥을 펴 보이며) 바우야! 거기 있어.
곧 돌아오마.

박영일이 육손이와 백호를 쫓기 위해 몇 걸음을 떼다가 돌아보니
바우는 계속 자신을 쫓아오기 위해 힘겹게 움직이고 있다.

박 영일 (안쓰러운 표정으로 호통을 친다.)
가만있으라니까. 여기서 기다려.

바우는 박영일의 지시에 바로 멈춰서 땅에 엎드려 혀를 길게
내뺀다.
바우가 앉아서 쉬는 모습을 확인한 후에야 박영일은 다시 두
짐승의 뒤를 쫓기 시작한다.
잠시 후. 박영일의 뒷모습을 물끄러미 바라보던 바우가 천천히
일어선다.
어렵게 한발 한발 걸음을 옮기는데 방금 앉아있던 자리에는 피가
흥건하다.

99. 개활지 / 오후

백호는 달리고 있는 육손이의 등 위에서 앞발로 버티고 있다.
육손이의 달리는 속도는 매우 느려져 있다.
그러다 앞을 응시하는 백호. 정면의 바위와 육손이의 진행 방향이
심상치 않다.
눈이 잘 보이지 않는 육손이는 달리던 속도 그대로 바위를
들이받는다.
바위와의 충돌 순간 풀쩍 옆으로 뛰어내리는 백호.
백호는 부상 때문에 착지가 불안하지만, 육손이의 상태는 더욱 안
좋다.

육손이는 정신없이 주변을 두리번대다가 백호에게 무모하게 덤벼든다. 백호는 뒷다리로 버티고 서서 빠르게 양 앞발로 육손이의 머리통을 가격하고 뒤쪽으로 피한다.
잠시 멈칫하던 육손이는 다시 백호의 방향을 찾아 달려든다.
이번에도 백호의 앞발 세례를 받는 육손이. 머리 부분에서 피가 배어 나와 육손이의 양쪽 눈 위를 적신다.
포기하지 않고 다시 백호에게 달려드는 육손이.
백호가 이번에도 육손이의 머리를 가격하지만 지쳤는지 위력이 전보다 덜하고 순발력도 떨어져 측면으로 피하지 못하고 앞다리를 바로 내려선다.
그러자 이제까지 어기적거리며 움직였던 육손이가 백호의 허점을 눈치채고 달려든다.
빠르게 튀어나오는 육손이의 앞발 공격에 머리를 가격당하는 백호. 게다가 백호의 등 뒤는 바위로 막혔다.
육손이가 벌떡 일어나 백호를 위에서 짓누른다.
순간 백호의 몸통에서 뼈 부러지는 소리가 들린다. 어른이 아이를 옆으로 뉘어놓고 옆구리에 올라탄 형국이다.
조금 전까지 힘이 바닥나 보이던 육손이가 괴물 같은 힘으로 백호에게 앞발을 휘두른다.
이곳저곳 백호의 흰털이 붉은색으로 물든다.
육손이가 마지막 일격을 가하기 위해 두 팔을 크게 위로 올려 내려치려 한다.
한 발의 총소리. 육손이는 목 밑 가슴에 총알을 맞고 서서히 뒤로 쓰러진다.
박영일은 100m쯤 떨어진 곳에서 총을 쐈다.
가슴팍에 총을 맞고 쓰러졌던 육손이가 잠시 후 일어나는 모습이 보인다.
천천히 일어선 육손이는 다시 가려던 방향으로 뛰어 도망가기 시작한다.
박영일은 믿을 수 없다는 표정이다.
뒤이어 일어서는 백호의 모습이 보인다.
백호는 멀리서 잠시 박영일을 노려보다가 힘든 몸을 이끌고 다시 육손이를 쫓는다.
박영일도 그 뒤를 따라간다.

100. 기차선로 / 오후

달리는 육손이가 몸에 닿는 모든 것을 공격한다.
작은 나무를 부러뜨리고 돌을 옆으로 밀어버리며 발악을 한다.
눈이 보이지 않는 육손이의 앞을 또 나무 한 그루가 막아서자 벌떡 일어서 뿌리를 뽑아버린다.
그리고 뭔가의 냄새를 맡는 육손이.
흥분한 육손이는 뒷다리로 일어서서 냄새가 나는 쪽을 향해 앞발을 벌리고 공격할 태세를 취한다.
육손이가 마지막 힘을 다해 포효하자 반대편에서도 "빼액"하며 큰소리로 대응한다.
육손이의 뒷다리가 열차 선로의 침목과 자갈을 치고 나간다.
육손이는 열차의 정면으로 달려든다.
거대하고 긴 기차의 차량이 지나간다.
육손이를 쫓아오던 백호는 열차의 긴 행렬 앞에 멈추어 선다.
천둥 같은 소리가 순식간에 멀어져가고 주변이 너무나 고요해진다.

기차의 선로가 보이고 앞쪽에는 강이 흐른다.
멀리 하류 쪽은 넓은 철교도 보이지만 이곳은 반대편 숲까지 30m도 안 돼 보인다.
그렇게 멍하니 선로 앞에 서 있던 백호가 인기척을 느끼고 뒤를 돌아본다.
백호의 뒤에서 멀지 않은 곳에 박영일이 있다.
서 있기도 힘들어 보이는 백호가 박영일의 엽총을 노려보며 성을 낸다.
하지만 박영일은 오른손으로 엽총의 개머리판 목을 잡고 내려 들고 있다.
서서히 박영일에게 다가오는 백호.
박영일은 그때까지도 총구를 들어 올리지 않는다.
그냥 멍하고 지친 표정으로 백호의 눈을 바라볼 뿐이다.
백호도 긴장을 풀고 그 자리에서 한참을 박영일을 살핀다.
박영일과 백호는 그렇게 서로의 눈을 한참 바라본다.
그리곤 천천히 뒤로 돌아가는 백호.
그때 어디선가 들려오는 총소리.
박영일의 눈에는 오로지 백호만이 보인다.
백호의 눈은 박영일을 보고 있는데 몸이 서서히 기운다.
그 많은 상처에도 버티고 서 있던 백호가 몸통을 관통한 총 한 방에 무너져 내리고 있다.
자리에 풀썩 주저앉는 백호.
그냥 멍하니 박영일만을 바라보고 있다.
박영일의 뒤쪽. 30m 떨어진 거리에 이응식과 이만호가 서 있다.
이만호는 바위에 몸을 기대고 있고 좀 떨어진 곳에 이응식이 엽총을 들고 서 있다.

이 응식　　형님 비키쇼. 지금 저놈을 끝내 버리려니까.
박 영일　　(천천히 이응식 쪽으로 걸어간다.) 뭐 하는 거냐?
이 응식　　형님 비키라니까요.
이 만호　　병신! 그냥 쏘라! 저 자식은 시로오니 잡을 마음이 없는 놈이야.
박 영일　　총 내려놔라?
이 응식　　형님 이러지 마쇼. 그냥 저놈만 잡으려니까.
박 영일　　(소리를 버럭 지른다.)
누가 이놈을 잡는다고 했냐?
이 만호　　그냥 쏘라!
이 응식　　(박영일에게 총을 겨눈다.) 이러기 싫다니까요. 그냥 비키쇼. 형님한테도 한몫 두둑이 줄 테니.
박 영일　　(계속 걸어온다.) 총 내려라. 응식아!
이 만호　　(성한 오른팔을 뻗는다.)
병신! 총 이리 달라!
이 응식　　바보 같은 짓 그만하쇼. 형님. 봐요. 어차피 죽을 놈이요. 지금 놔둔다고 살 놈이 아니란 말이오.

박영일은 이응식의 말에 멈춰서 뒤를 돌아본다.
정말 백호는 살기 어려워 보인다.
옆구리를 관통한 총구멍에선 많은 피가 흘러내려 흙을 적시고 있다.
백호는 멍하니 정면을 응시하고 있다.

박 영일	**(다시 이응식을 돌아본다.)** 그래. 그렇다고 네놈이 백산군 가죽을 벗겨다 팔게 할 순 없다.
이 만호	**(다급히 소리친다.)** 뭐하네? 저놈부터 쏘라우.

> 방아쇠를 당기는 이응식.
> 박영일의 발 앞 땅바닥에 총알이 박힌다.
> 흥분한 표정의 이응식이 재빨리 장전한다.

이 응식	젠장! 다음엔 진짜 쏠 거요. 형님! 총 버리쇼. 빨리.

> 계속 엽총을 든 채로 가만히 서 있는 박영일.

이 응식	이 고집불통. 바보 같은 게... **(울먹이며 소리친다.)** 도대체 왜 그러는 거요? 내가 그렇게 믿을만한 놈이요? 몇 년간 계속 형님 속여 온 거 알지 않소?
이 만호	총 이리 내라!
이 응식	형님 몫 속여서 내가 돈도 많이 챙기고... 병든 어미가 있단 말도 거짓말인 것 알잖소. 뭣 때문에 이렇게 날 믿는 거요? 저 시로오니 몸값에 내가 형님을 못 쏠 것 같소? 난 돈이 좋소. 돈 때문에 형님 이제까지 따라다녔고...

인제 그만두려니까 총 버리고 비키쇼.

박영일은 이응식 뒤편에서 움직이고 있는 하얀 물체를 발견한다.
바우다. 바우는 조심스럽게 바닥을 기어 이응식의 뒤편으로
다가오고 있었다.
박영일은 눈을 꾹 감는다.
한참을... 나오는 눈물을 참으려는 듯.
그리고 눈을 뜨고 말한다.

박 영일　　너 때문에 몇 번의 목숨을 건졌다. 너도 나
때문에 몇 번을 살아났고...
지금 살아있는 건 거짓말이 아니다.

그리고 갑자기 뛰기 시작하는 박영일.
그와 동시에 바우도 튀어 올라 이응식의 오른 팔뚝을 물고
늘어진다.
고통에 비명을 지르는 이응식.
왼팔을 들어 엽총의 개머리판으로 오른 팔뚝을 물고 있는 물체의
머리통을 사정없이 내리친다.
"깽"하는 소리와 함께 풀썩 땅으로 떨어지는 물체.
이응식은 그것이 바우라는 것을 확인한다.

이 만호　　앞에 보라! 뭐 하는 거네?

다시 총을 들어 뛰어오는 박영일을 겨누는 이 응식.
박영일은 몽둥이를 휘두르는 자세로 엽총을 거꾸로 부여잡고

달려든다.
가늠쇠 뭉치 너머로 박영일의 얼굴이 보인다.
방아쇠 위에 손가락을 걸고 있는 이응식의 두 뺨에서 눈물이
흘러내린다.
방아쇠울에서 손가락을 빼고 눈을 감아버리는 이응식.
"퍽"하는 둔탁한 소리와 함께 이응식은 나가떨어진다.
재빨리 땅에 떨어진 이만호의 엽총을 주워든 박영일은 이만호를
돌아본다. 이응식 쪽으로 다가오려다 넘어진 자세로 바닥에
누워있던 이만호는 박영일이 돌아보자 바위 쪽으로 기어 도망
치고있다.
흥분한 박영일이 이만호에게 달려가 두 엽총을 한꺼번에 쥐고
힘껏 내리친다.
겁에 질려 웅크리고 있는 이만호의 머리 옆 바위를 내려치는
박영일. 사방으로 개머리판의 나무 조각들과 금속 부속들이
흩뿌려진다.
박영일은 들고 있던 엽총의 남은 부분들을 멀리 던져 버린다.
천천히 주변을 둘러보는 박영일.
이만호는 이제 모든 걸 포기한 표정으로 바위에 기대앉아있다.
이응식은 거친 숨을 쉬다 쿨럭거리며 목으로 넘어오는 피를
뱉어낸다.
하지만 바우에게서는 아무런 움직임도 보이지 않는다.
바우의 시체 옆에 무릎을 꿇고 앉는 박영일.
백호가 서서히 일어난다.
그리고 힘들게 어디론가 걷기 시작한다.
잠시 후. 박영일도 바우의 시체를 안고 일어서서 백호를 쫓아 걷기
시작한다.

101. 백두산의 여러 곳 / 오후 ➡ 황혼 녘

광활한 백두산의 모습.
나무가 많지 않은 산등성이를 걷고 있는 백호.
그 뒤를 바우를 안은 박영일이 거리를 두고 따라 걷고 있다.
안개가 자욱하고 검은 자갈만이 끝없이 펼쳐져 있는 황량한 곳.
높은 해발 때문에 나무는 한그루도 없고 짧은 들풀들과
노랑만병초 꽃만이 군데군데 피어있다.
완만한 경사로 높아지는 길을 힘들게 걷고 있는 박영일이 발밑에
떨어져 있는 핏자국을 발견한다.
검붉은 피가 백호의 몸에서 계속 떨어지고 있다.
백호와 박영일의 왼편으로 백두산 천지 물이 보인다.
물 위에는 얼음덩어리들이 떠있다. 하얀 안개가 산 전체를 덮고
있어 이 세상 같지 않아 보인다.
그때 바람이 순식간에 안개를 거둬버리고 시퍼런 바다 같은
천지가 모습을 드러낸다.
지름 4.6Km의 천지.
16개의 높은 봉우리들이 병풍처럼 둘러치고 있는 곳을 백호와
박영일이 걷고 있다.

102. 범 굴 / 황혼 녘

백호와 박영일은 회백색 껍질이 종잇장처럼 떨어져 나가고 있는
사스래나무 숲속을 걷고 있다.
박영일의 얼굴에 반가움이 어린다.

박 영일 (혼자 중얼거린다.) 그래요. 심영감님. 백두산 사람들은 거기가 어딘지 다 알죠.

숲 한가운데를 높은 바위벽이 막아선다.
백호는 천천히, 힘겹게 바위 돌들을 밟으며 올라간다.
박영일은 백호가 바위를 다 올라가 보이지 않을 때까지 밑에 가만히 서 있다.
아무 소리도 없이 조용하다.
잠시 후. 박영일은 바우의 시체를 바닥에 내려놓는다.
그리고 바위들을 밟으며 높은 벽을 올라간다.
박영일의 머릿속에 짧은 옛 기억이 지나간다.

Insert – 회상
세 마리의 작은 범 새끼가 아늑한 굴 안에서 경계를 하며 떨고 있다.
하지만 맨 앞에 나서서 형제들을 보호하겠다는 자세로 이빨을 드러내고 있는 놈이 있다.
그 새끼는 눈처럼 흰 털에 검은 줄무늬가 있고 이마와 미간에 유난히 선명하게 한자로 왕대**[王大]**라고 쓰여 있다.

박영일 얼굴엔 미소가 번지지만, 눈엔 눈물이 맺힌다.
정상에 다 올라온 박영일의 눈에는 아름다운 광경이 펼쳐진다.
바위벽 반대편은 300m 밑으로 끝도 없는 나무의 바다이다.
백호는 바위벽 끝, 100m가 넘는 높이의 절벽 위에 앞다리를 괴고 앉아 있다.
박영일이 다가가다가 뒤쪽 바위 동굴을 돌아본다.

넓고 꽤 깊어 아늑해 보인다.
그 가장 안쪽에 익숙한 물건이 놓여있다.
심영감이 가지고 다니던 심마니들의 망태기 주루묵이다.
백호는 박영일이 주변을 서성여도 돌아보지 않는다.
백두산을 굽어보는 자세로 앉아있는 백호는 박영일이 다가가 옆에 자리를 잡고 앉아도 움직이질 않는다.
박영일도 아무 말 없이 앉아 끝없이 펼쳐진 백두산의 숲을 바라본다.
붉은 석양에 단풍든 나뭇잎들은 황금색으로 빛난다.
그리고 그 위로 진눈깨비가 내리기 시작한다.

[TEXT]
- 우리나라에 범이 살았던 공식적인 기록은 1924년 강원도 횡성에서 사살된 범의 사진 한 장이 유일하다. 그 이후로 야생 범을 보았거나 잡았다는 공식적인 기록이 없어 우리나라에서는 멸종된 것으로 추정하고 있다. -

story board
스토리보드

synopsis

design character

BG

rifle

scenario

story board

Scene 001 Picture	1912년 6월 백두산 중턱 / 오후 Substance and serif
Black	S001-001 ▶ 박영일의 거친 호흡 소리.
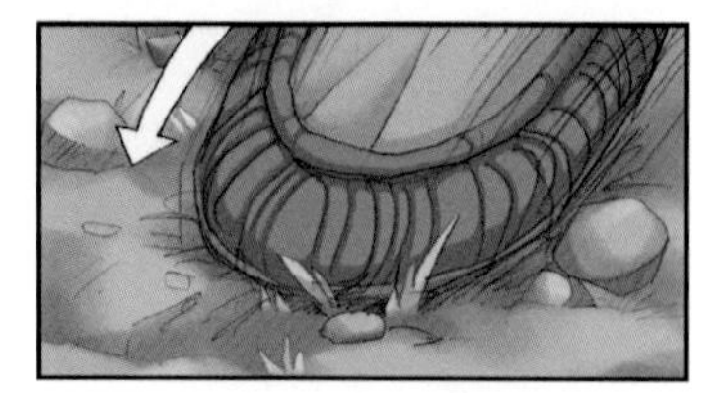	S001-002 Fade In. 미투리를 신은 박영일의 발이 뛰어 들어온다. Fade Out.
Anocchio Animation Studio	S001-003
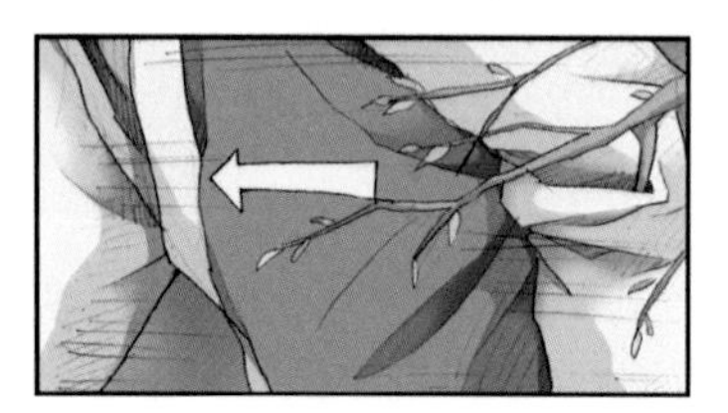	S001-004 Fade In. 옷가지가 나무에 걸려도 계속 뛰고 있는 박영일의 옆모습을 카메라가 계속 따라간다. ▶ 잔가지 부러지는 소리 Fade Out.
Black	S001-005
	S001-006 Fade In. 뛰는 박영일의 오른손에 엽총이 들려있다. Fade Out.
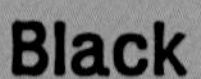 Black	S001-007

Scene 001	1912년 6월 백두산 중턱 / 오후
Picture	Substance and serif

S001-008

Fade In.
개울가 통나무를 다급히 뛰어간다.
통나무가 흔들리고 꽃이 살랑거린다.
Fade Out.

Black

S001-009

S001-010

Fade In.
사력을 다해 뛰고 있는 박영일의 정면 모습.

인물 전체가 보일 만큼 Camera 천천히 Zoom Out.

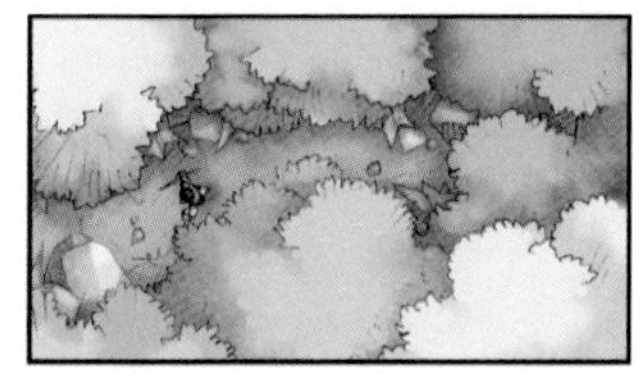

Camera 빠르게 Zoom Out.

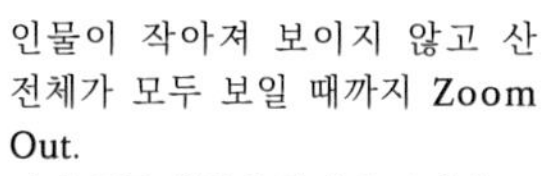

인물이 작아져 보이지 않고 산 전체가 모두 보일 때까지 Zoom Out.
멀리 푸른 백두산 천지가 보인다.
Title [마지막 왕]이 서서히 나타났다 사라진다.

▶ 웅장한 배경음악. 산의 바람 소리
▶ 타이틀이 사라지고 잠시 후. 모든 소리가 한 순간에 멈춘다.

Scene 002	방 안 (회상) / 밤
Picture	Substance and serif

S002-001

▶ 빠직거리며 등잔불 심지 타는 소리.

S002-002A

작은 초가 방안. 바느질하는 부인 윤예원.
딸은 자고 있고 박영일은 엽총을 닦고 있다.

S002-002B

천천히 박영일과 아기 쪽으로 Camera Zoom In.
박영일이 자는 딸 옆에 엽총을 내려놓는다.
엽총이 딸의 키보다 훨씬 크다.
부인이 고개를 돌려 그 모습을 지켜본다.

S002-002C

딸을 바라보고 흐뭇하게 웃던 박영일은 딸 가슴에 귀를 대고 가만히 숨소리를 듣는다.
잠시 후 화면 쪽을 쳐다보며 살짝 미소 짓는다.

S002-003

윤예원도 화면을 보고 미소 짓는다.
등잔불이 아른거린다.

▶ 조용하다 갑자기 숲속을 달리는 박영일의 숨소리와 발소리.

Scene 003	벼락틀 (현재) / 오후
Picture	Substance and serif

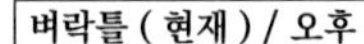

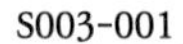

S003-001

급한 표정으로 숲속을 뛰고 있는 박영일.

S003-002

도망치듯 뛰고 있다.

S003-003

벼락틀 너머로 뛰어오는 박영일이 보인다.

S003-004

뛰다가 잠시 뒤를 돌아보고 다시 앞을 볼 때 Cut.

S003-005

흔들리는 박영일 시선으로 보이는 벼락틀.

Scene 003

Picture

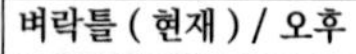

Substance and serif

S003-006

벼락틀 앞에 멈춰 서서 뒤를 돌아보는 박영일.

S003-007

왼손에 쥐어진 망태기가 움직인다.

S003-008

숲속을 돌아보는 박영일의 시선.

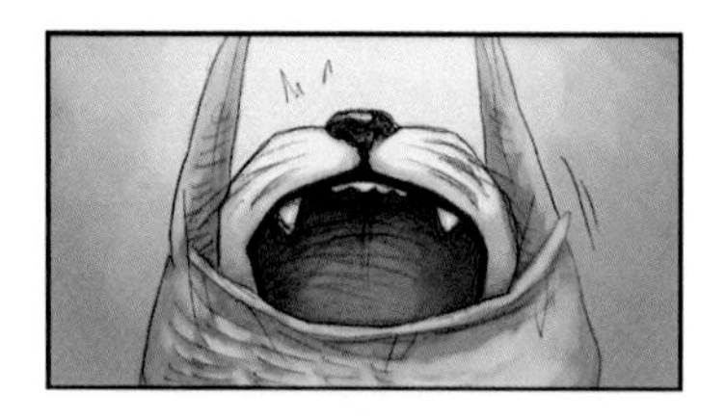

S003-009

갑자기 망태기에서 튀어나와 우는 새끼 백호.

S003-010

다급히 망태기 안으로 새끼 백호를 밀어 넣는 박영일.

계속 울어대는 새끼 백호.

▶ 뒤쪽 멀리서 들려오는 범의 포효.

Scene 003	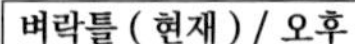 벼락틀 (현재) / 오후
Picture	Substance and serif

S003-011

놀라서 돌아볼 때 Camera Zoom Out.
버둥거리는 망태기가 보인다.

S003-012A

언덕 위에서 산군이 뛰어내린다.

S003-012B

산군 얼굴로 빠른 Zoom In.

S003-013

박영일의 눈.
▷ 박 영일 : 산군[山君]이다.

S003-014

서둘러 벼락틀 안으로 뛰어 들어가는 박영일.

Scene 003	벼락틀 (현재) / 오후
Picture	Substance and serif

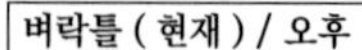

S003-015

벼락틀 안으로 한 발 들어오는 박영일.

S003-016A

벼락틀 밖으로 빠져나온다.

S003-016B

박영일의 뒷발이 땅을 박차고 나간 후...

S003-016C

멀리 산군의 모습이 보인다.

S003-018

언덕 위로 뛰어 올라가는 박영일의 뒷모습.

Scene 003	벼락틀 (현재) / 오후
Picture	Substance and serif

S003-019

계속 쫓아오는 산군.

S003-020

화면으로 뛰어 들어와 벼락틀 앞에 멈춰 선다.

S003-021

안쪽을 유심히 들여다보는 산군.

S003-022

버팀대 밑동을 살핀다.

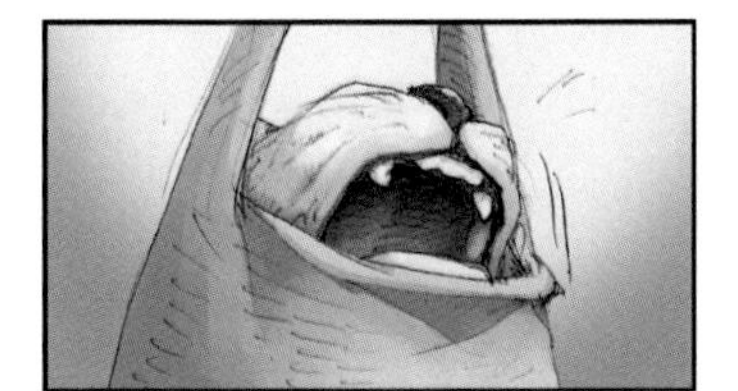

S003-023

다시 울기 시작하는 새끼 백호.

▶ 새끼 백호의 울음소리.

Scene 003	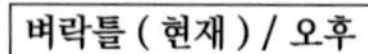 벼락틀 (현재) / 오후
Picture	Substance and serif

S003-024

새끼 소리에 고개를 쳐들었다가 벼락틀 안으로 들어가는 산군.

S003-025

화면 앞에서 미끄러지듯 들어가는 산군.

S003-026

반대편으로 천천히 걸어 나오는 산군.

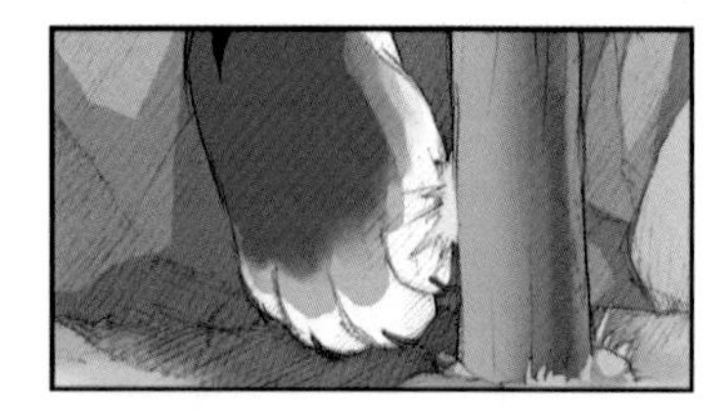

S003-027

마지막으로 벼락틀을 빠져나오던 산군의 뒷발이 기둥을 건드린다.

S003-028

언덕길을 뛰어 내려오던 박영일 뒤로 벼락틀의 무너지는 소리가 들린다.

▶ 우릉~ 쾅! 쾅!

Scene 003	벼락틀 (현재) / 오후
Picture	Substance and serif

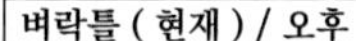

S003-029

뒤를 돌아보는 박영일. 잠시 숨을 고른다.

▶ 벼락틀 돌멩이가 떨어지고 있는 소리.
박영일의 발소리.

S003-030

언덕 위로 박영일의 모습이 올라온다.

S003-031

벼락틀의 무너진 돌무더기에 절반 정도 몸이 묻혀있는 산군.
먼지가 피어오르고 있다.

S003-032

꿈쩍 않는 산군.

S003-033

박영일은 벼락틀 쪽을 내려다보며 숨을 고르고 있다.

▷ 박영일 : 죽었나?

Scene 004

Picture

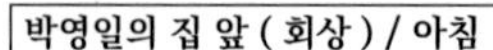

박영일의 집 앞 (회상) / 아침

Substance and serif

S004-001

윤예원과 딸이 박영일을 배웅한다.

S004-002

들어가라고 손짓하고 돌아 길을 나서는 박영일.

짧게 Dissolve.

Scene 005

숲속 (회상) / 오전

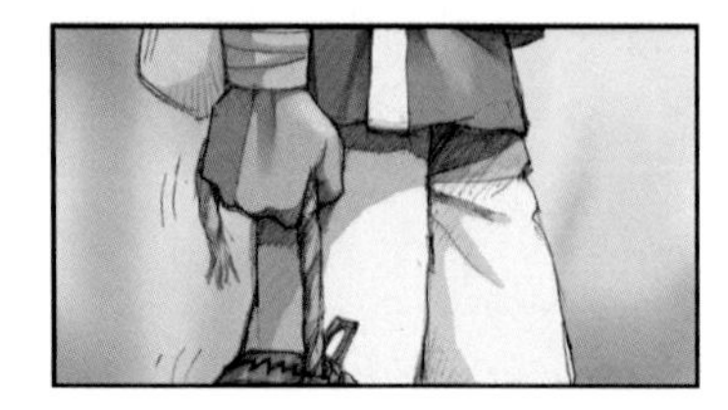

S005-001

올무와 덫을 흔들며 걷고 있는 박영일.

S005-002

나뭇가지를 흔들며 걷고 있다.

▷ 박영일 : 에헤! 오늘은 영 허탕이구만.

▶ 부스럭!

S005-003

흠칫! 고개를 드는 박영일.

잠시 정면을 응시한다.

Scene 005

Picture

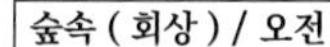

숲속 (회상) / 오전

Substance and serif

S005-004

빈 숲길로 Camera 서서히 Zoom In.
나무 사이로 검은 줄무늬 꼬리가 살짝 보였다 사라진다.

S005-005

강철 덫과 올무를 내려놓고 잔뜩 긴장한 채 엽총을 양손에 들고 앞으로 조심스레 걸어 나간다.

S005-006

흔들리는 박영일의 시선으로 다가간다.
범의 일부분이 나무 사이로 조금씩 보인다.

S005-007

엽총을 몸으로 바짝 당겨 긴장하는 박영일의 손.

S005-008

점점 가까워지며 범의 몸통이 보인다.

Scene 005	숲속 (회상) / 오전
Picture	Substance and serif

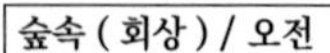

S005-009

긴장한 박영일의 표정.

S005-010

박영일의 모습이 나무 뒤에서 살짝 나타난다.

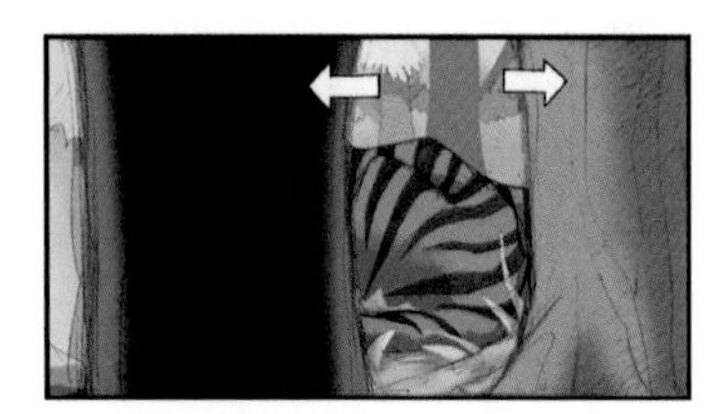

S005-011A

Camera 오른쪽으로 Pan 하며 이동.

S005-011B

나무가 화면 밖으로 빠지면 Camera를 노려 보고 있는 암범의 모습이 나타난다.

S005-012

암범의 뒷모습 너머로 흠칫 놀라는 박영일이 보인다.

Scene 005	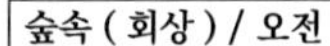 숲속 (회상) / 오전
Picture	Substance and serif

S005-013

암범의 오른발이 강철 덫에 걸려있고 피가 흥건하다.

S005-014

긴장한 표정이 사라지면서 서서히 암범 주위를 왼편으로 돌기 시작한다.

S005-015

박영일에게서 시선을 떼지 않는 암범.

S005-016

암범을 훑어보며 즐거운 표정으로 변하는 박영일. 시선이 땅으로 향할 때 Cut.

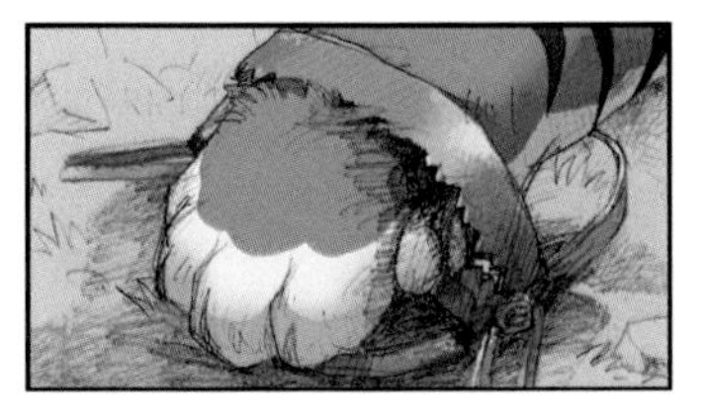

S005-017

강철 덫에 물려있는 암범의 앞발.

Scene 005	숲속 (회상) / 오전
Picture	Substance and serif

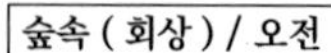

S005-018

Camera를 쫓아 돌던 암범의 시선이 멈춘다.

S005-019

천천히 총구를 올리는 박영일.

S005-020

박영일과 총구에서 눈을 떼지 않는 암범.

Scene 006	산길 (회상) / 오전

S006-001

멀리 산이 보이는 배경에서 심염감이 몸을 일으키며 Frame In.

S006-002

산 위를 보며 숨을 고르다가 다시 위로 올라가려 할 때 총소리가 들린다.

▶ 총소리 : 탕!

Scene 006	산길 (회상) / 오전
Picture	Substance and serif

S006-003A

총소리가 났던 산 아래쪽을 보며 천천히 몸을 돌린다.

S006-003B

또 한방의 총소리를 듣자 놀라서 산 아래로 내려가는 심영감.

▶ 두 번째 총소리 : 탕!

Scene 007	숲속 (회상) / 오전

S007-001

죽어있는 암범 뒤로 박영일의 모습이 나타난다.

S007-002

긴장하며 다가오다가 엽총을 한 손에 건네 쥐고 암범 쪽으로 쭉 뻗는다.

S007-003

암범의 입 언저리를 엽총으로 꾹 눌러보지만, 반응이 없다.

Scene 007	숲속 (회상) / 오전
Picture	Substance and serif

S007-004

어색하게 웃기 시작하는 박영일.
▷ 박영일 : 하... 하하...

S007-005

심영감의 시선.
나무들 사이로 박영일과 암범의 모습이 가까워진다.

S007-006

암범을 보고 있다가 인기척을 느끼고 고개를 돌리는 박영일.
심영감이 불쑥 나타난다.

S007-007

박영일을 무시하고 암범에게 다가가는 심영감.
박영일이 그 모습을 좇는다.
▷ 박 영일 : 심영감! 이것 봐요. 범을 잡았어요.

S007-008

암범을 살피다가 오른쪽으로 고개를 돌려 강철 덫을 발견하는 심영감.

Scene 007	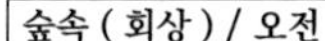 숲속 (회상) / 오전
Picture	Substance and serif

S007-009

박영일의 표정에서 웃음기가 걷힌다.

S007-010

▷ 심 영감 : (호통을 친다.) 뭘 하는 게야?

S007-011

박영일을 돌아보는 심영감.
화면 앞에 강철 덫에 걸린 암범의 앞발이 크게 보인다.
▷ 심 영감 : 왜 여기 덫을 놓은 겐가?

S007-012

▷ 박영일 : ...

S007-013

▷ 심 영감 : 나한테 틀사 냥을 배움서 산군 가족에겐 해 끼치지 않겠다고 했나 안 했나?
▷ 박 영일 : 했죠... 아니! 지가 덫에 걸린 걸 어쩝니까? 쇠붙이가 짐승을 가려잡는 것도 아니고.

Scene 007	숲속 (회상) / 오전
Picture	Substance and serif

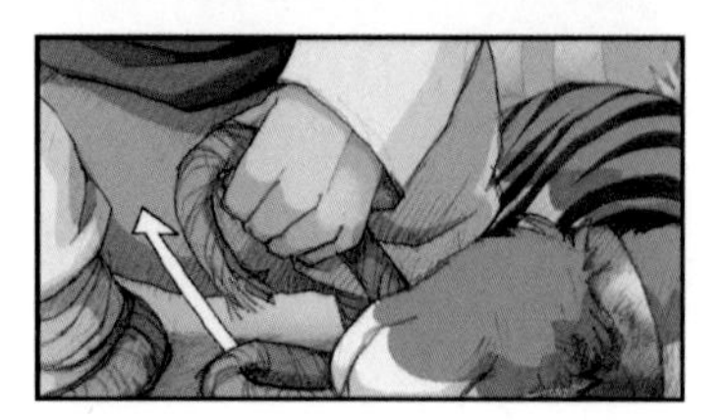

S007-014

심영감이 강철 덫에 묶여 있는 밧줄을 잡고 벌떡 일어난다.

▷ 심 영감 : 내가 여기는 산군이 다니는 길목이라 일러줬거늘...

S007-015

밧줄 쥔 손을 치켜드는 심영감.

밧줄을 내팽겨 칠 때 Cut.

▷ 심 영감 : 그리고 이 덫이 작은 동물이나 잡겠다고 놓은 덫인가?

S007-016

들려있던 암범의 앞발이 덫과 함께 힘없이 떨어진다.

S007-017

▷ 박영일 : ...

▷ 심 영감 : 덫이나 올무는 새끼나 새끼를 배고 있는 어미까지 잡아 대기 때문에 오소리나 잡을 양으로

S007-018

▷ 심 영감 : 조심해서 덫을 놓으라고 했더니 젖먹이 새끼까지 있는 산군의 색시를 잡아?

Scene 007	숲속 (회상) / 오전
Picture	Substance and serif

S007-019

▷ 박 영일 : 그깟 오소리나 족제비 잡아다 뭘 하겠소? 지금 범 가죽이 얼마나 하는지 알고 있소? 아~ 그래요. 내가 잘못했소. 심영감.

S007-020

박영일의 대사 중간에 몸을 돌려 온 길로 되돌아가려는 심영감.

▷ 박 영일 : 다시는 이런 일이 없게 하겠으니 화 풀고 이 범 처리하는 일이나 좀 도와줘요. 어쩌겠습니까. 일이 이렇게 됐는데...

S007-021

▷ 심 영감 : 내가 말을 해서 뭐하겠나?

S007-022

▷ 박영일 : 그래도... 아니. 이왕 이리된 거. 좀 도와줘요 심영감. 사례는 후하게 할 테니.

S007-023

뒤도 돌아보지 않고 산길을 되돌아간다.

▷ 심 영감 : (뒤도 돌아보지 않고) 난 일 없네.

Scene 007	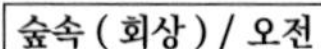 숲속 (회상) / 오전
Picture	Substance and serif

S007-024

암범 쪽으로 고개를 돌릴 때 Cut.

▷ 박 영일 : 답답한 노인네. 그깟 약초 캐서 얼마나 벌겠다고 이런 횡재를 마다해?

S007-025

암범을 바라보다 피식 웃는다.

▷ 박 영일 : 쳇!

Scene 008	벼락틀 언덕 ➡ (현재) / 오후

S008-001

새끼 백호가 갑자기 울어 댄다.

▶ 아웅!

S008-002

산군의 눈이 번쩍 떠진다.

S008-003

언덕 위에서 내려다보는 박영일과 새끼 백호에게로 빠르게 Zoom In.

Scene 008	
Picture	Substance and serif

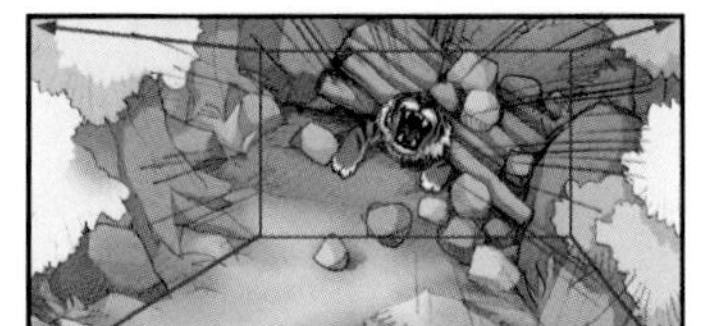

S008-004

포효하는 산군의 몸부림에 돌들이 들썩거린다.

Zoom Out.

▶ 크아!

S008-005

박영일이 몸을 돌려 다시 내려가려 한다.

S008-006

박영일이 고개를 넘어 내려가고 산군은 몸을 일으킨다. 돌들이 굴러떨어진다.

S008-007

언덕을 뛰어 내려가는 박영일.

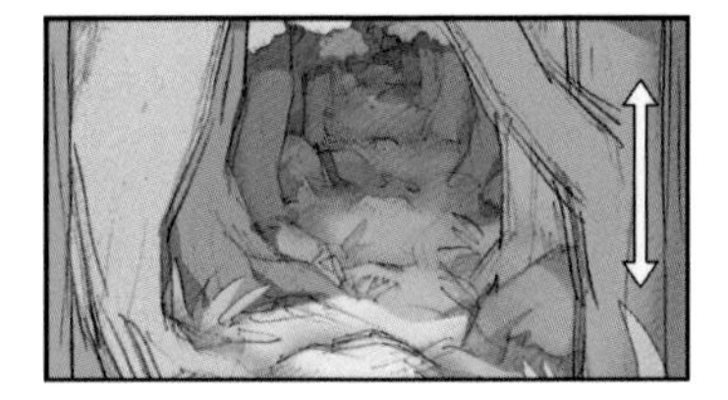

S008-008

언덕 밑을 바라보는 박영일의 시선.

땅에 뭔가 묻혀있다.

Scene 008

Picture

Substance and serif

S008-009

뛰어 내려가는 박영일.
흙에 덮여있는 덫으로 초점이 맞춰진다.

S008-010

뛰어 올라가는 산군을 Camera가 Follow.

S008-011

언덕 위로 올라온 산군.

S008-012

멀리 사라지고 있는 박영일이 보인다.

S008-013

산군의 눈과 코로 Zoom In.

Scene 008

Picture

Substance and serif

S008-014

언덕 중간에 앉아 흙을 뿌리는 듯한 박영일의 형상이 마치 영혼의 모습처럼 서서히 나타났다 사라진다.

S008-015

오른쪽으로 고개를 돌려 살피는 산군.

S008-016

돌 위에 앉아 담배를 피우고 있는 듯한 박영일의 형상이 나타났다 사라진다.

S008-017

산군이 다시 머리를 돌리자 가까이 앉아 있는 박영일의 형상이 나타난다.

S008-018

일어서서 땅을 굽어보는 박영일의 형상.

Scene 008	벼락틀 언덕 ➡(현재) / 오후
Picture	Substance and serif

S008-019

산군이 걸어 나와 박영일 형상 앞에 멈춰 서서 땅 밑을 물끄러미 바라본다.
서서히 사라지는 박영일의 형상.

S008-020A

땅 위로 삐져나온 노끈을 바라본다.

S008-020B

덥석 물고

S008-020C

힘차게 당긴다.
Zoom Out.

S008-020D

무시무시한 강철 덫이 닫히며 튀어 오른다.
▶ 철컹!

Scene 009	절벽 / 오후
Picture	Substance and serif

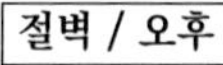

S009-001

허둥지둥 새끼 백호가 든 부댓자루를 소나무 가지에 묶고 있다가 뒤에서 들려왔던 철컹 소리에 놀라 뒤를 돌아볼 때 Cut.

S009-002A

뒤를 돌아본 박영일의 얼굴에서 잠시 Hold.

S009-002B

네 번의 철컹 소리에 맞춰 끊어지듯 네 번의 Zoom Out이 된다.

▶ 철컹! 철컹! 철컹! 철컹!

Scene 010	언덕 / 오후

S010-001

마지막 덫이 튀어 올라 땅바닥에 뒹군다.

▶ 철컹!

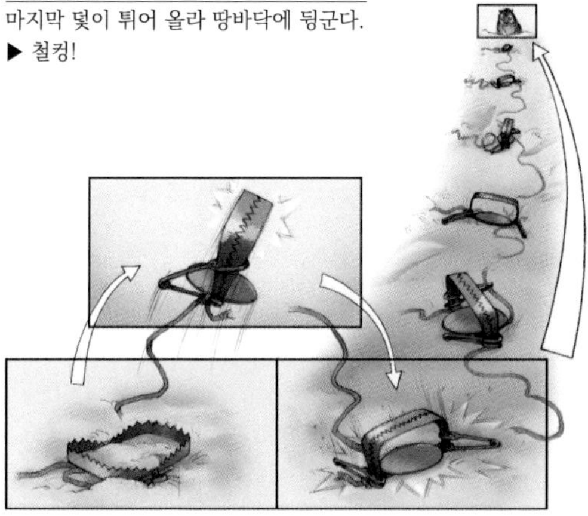

Camera가 튀어 올라와 있는 덫 6개를 비추며 올라가 산군에 멈춘다. 몇몇 덫에서는 아직 흙먼지가 피어 오른다.

Scene 010	언덕 / 오후
Picture	Substance and serif

S010-002

서서히 물고 있던 노끈을 놓고 앞으로 나간다.

Scene 011	절벽 / 오후

S011-001

긴장한 채 서 있는 박영일.
절벽 바로 앞에서 소나무 가지와 부댓자루를 잡고 있다.

S011-002

돌 구르는 소리가 나더니 잠시 후 산군이 나타난다.
서서히 Zoom In.

S011-003

당황하며 잡고 있던 가지를 놓고 곧바로 엽총을 거머쥐는 박영일.

S011-004

튕겨 절벽 밖으로 나가는 백호.
▶ 카앙!

Scene 011	절벽 / 오후
Picture	Substance and serif

S011-005

산군의 포효.

S011-006

절벽 밖에 대롱대롱 매달려있는 새끼 백호가 담긴 부댓자루.

S011-007

엽총을 바투 잡는 박영일.
시선을 왼쪽으로 옮길 때 Cut.

S011-008A

긴장한 박영일의 얼굴에서 Zoom Out.

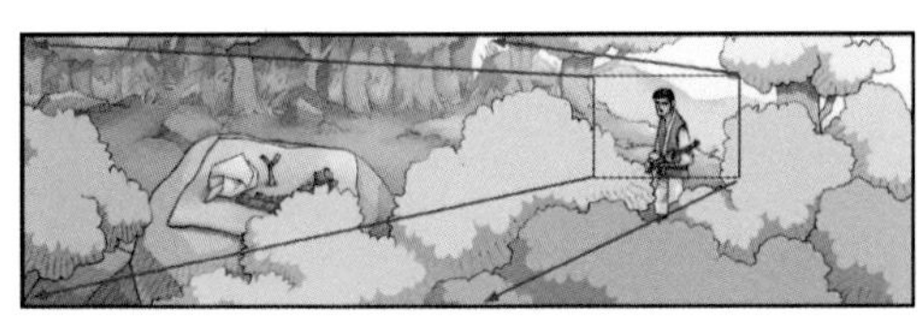

S011-008B

박영일의 왼편. 커다란 바위 위에 Camera가 멈춘다.
바위 위엔 모포가 깔려있고 물통과 탄띠, 괴나리봇짐, 거치대 등이 놓여있다.

Scene 011	절벽 / 오후
Picture	Substance and serif

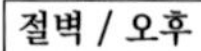

S011-009

산군의 눈치를 보며 왼쪽으로 슬슬 걸음을 옮긴다.

S011-010

움직이는 박영일에게 엄청난 포효를 하는 산군.

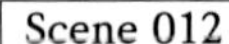

Scene 012	계곡 (회상) / 늦은 오후

S012-001

하늘과 나무만 보이는 화면에서 Tilt Down.
오른손에 무언가를 들고 즐겁게 산길을 걷고 있는 박영일.

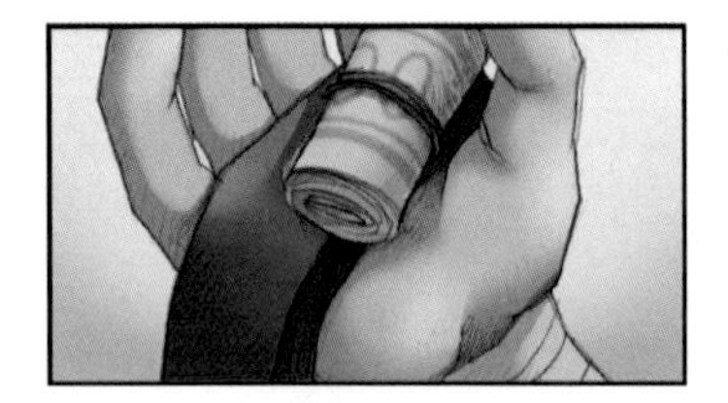

S012-002

빨간 비단 옷고름과 돈다발이 들려있다.

S012-003

품속에 넣으면서 걷는다.

Scene 012	계곡 (회상) / 늦은 오후
Picture	Substance and serif

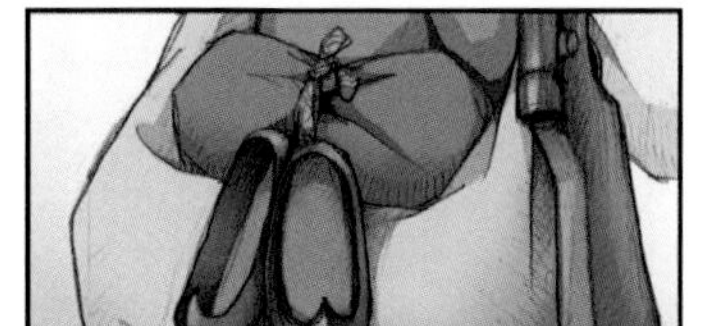

S012-004

등 뒤엔 고기와 아기 고무신이 보인다.

S012-005

흐뭇해하며 등짐을 고쳐 맨다.

S012-006

물이 흐르는 계곡의 바위를
밟으며 즐겁게 뛰어 올라간다.

S012-007

박영일과 함께 Camera가 따라 올라오면 물을
마시고 있는 수사슴이 멀리 보인다.
Tilt Up.

Scene 012	계곡 (회상) / 늦은 오후
Picture	Substance and serif

S012-008

뭔가를 발견하고 바위 뒤로 잽싸게 숨는다.

S012-009

박영일이 빠끔히 머리를 들어 물을 마시고 있는 백두산 수사슴 한 마리를 발견한다.

S012-010

조심스럽게 엽총을 쥐어 든다.

▶ 박 영일 : 이게 또 웬 횡재냐?

S012-011

눈치 못 채고 계속 물을 마시고 있는 수사슴.

Scene 012	계곡 (회상) / 늦은 오후
Picture	Substance and serif

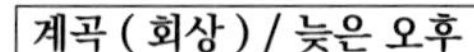

S012-012

서서히 사슴을 겨냥하는 박영일.

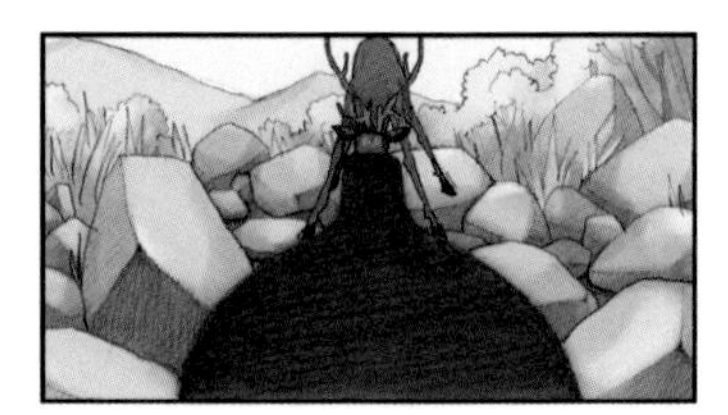

S012-013

S012-014

미소 띤 박영일의 입가.
방아쇠울 안의 검지에 힘이 들어간다.
방아쇠 쪽으로 살짝 Zoom In.

S012-015A

한가하게 물을 먹고 있는 수사슴.
조준하고 있는 박영일의 총구 쪽으로 빠르게 Zoom In.

S012-015B

▶ 틱!

Scene 012	계곡 (회상) / 늦은 오후
Picture	Substance and serif

S012-016

소리에 놀라 고개를 번쩍 드는 수사슴.

S012-017

바위 뒤에서 일어나 멋쩍어하는 박영일.
귀를 쫑긋거리는 수사슴.

S012-018

폴짝폴짝 숲속으로 달아나버린다.

S012-019

장전 손잡이를 당겨본다.

▷ 박 영일 : 아이고! 총알도 없는 빈총으로 껍죽댔네.

S012-020

괴나리봇짐을 통통 친다.

▷ 박 영일 : 그래도 이만하면 일 년 치 농사 끝인데 욕심도 작작 부려야지.

Scene 012	계곡 (회상) / 늦은 오후
Picture	Substance and serif

S012-021
다시 집을 향해
걷는 박영일.

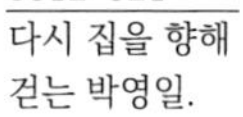

Tilt Up.

박영일의 집이 보인다.

Tilt Down.

Scene 013	박영일의 집 (회상) / 저녁

S013-001
돌길을 걸어 올라오는 박영일.
고개 들어 집 쪽을 쳐다본다.

S013-002
멀리 집이 보인다.

S013-003
미소 짓는 박영일.

Scene 013

Picture

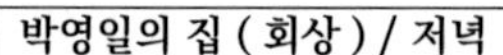

박영일의 집 (회상) / 저녁

Substance and serif

S013-004

서둘러 집 쪽을 향하는 박영일.

S013-005

계속 올라오다가 무언가를 발견한 듯 멈칫한다.

S013-006

집 앞의 숲에서 산군이 다가오는 형체가
보인다.
산군 쪽으로 천천히 Zoom In.

S013-007

놀란 표정의 박영일.

S013-008

모습을 드러내는 산군.

Scene 013	박영일의 집 (회상) / 저녁
Picture	Substance and serif

S013-009

재빨리 바위 뒤로 몸을 숨기는 박영일.

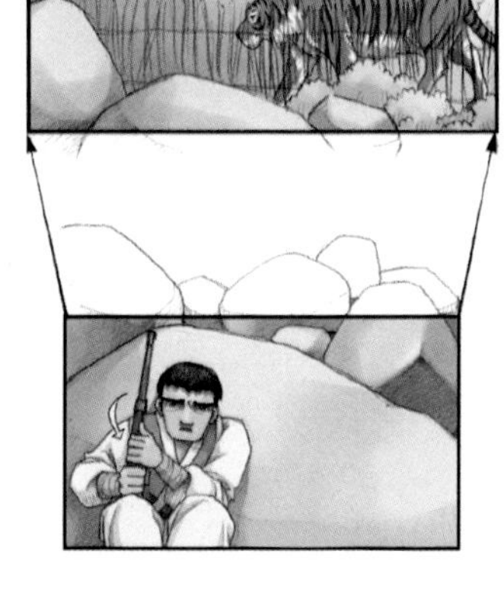

S013-010

놀란 표정으로 엽총 끈을 부여잡는 박영일에게서 Tilt Up 되며 산군 쪽으로 Zoom In.
산군이 천천히 싸리문 안으로 들어간다.

S013-011A

딸아이의 울음소리가 들린다.

▷ 딸 : 애 앵!

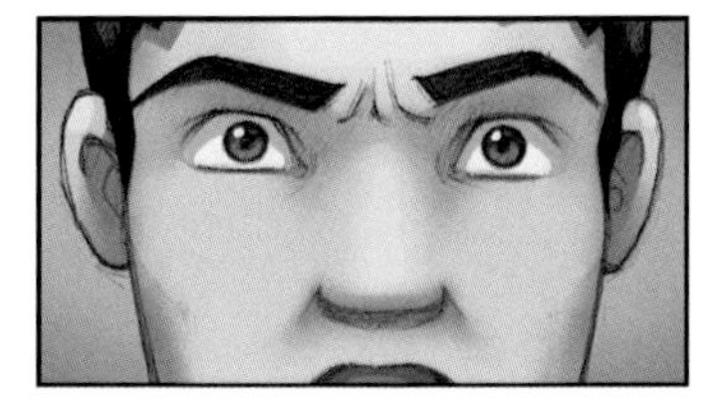

S013-011B

눈을 부릅뜰 때 얼굴로 Zoom In.

Scene 013	박영일의 집 (회상) / 저녁
Picture	Substance and serif

S013-012

벌떡 일어나려고 하다가 엉거주춤 멈춘다. 귀를 기울이지만 아무 소리도 들리지 않아 망설이고 있다. 그때 윤예원의 목소리가 들린다.

▷ 윤 예원 : 네 이놈! 여기서 뭐하는 것이냐?

S013-013

바위 뒤에서 빠끔히 고개를 드는 박영일.

S013-014A

싸리문 앞에 서 있는 윤예원의 모습.
박영일의 시선으로 윤예원에게 Zoom In.

S013-014B

빨랫감을 내동댕이치고 집안으로 뛰어 들어가는 윤예원의 모습을 쫓는 박영일의 시선.

▷ 윤 예원 : 이놈!

S013-015

절망적인 표정으로 바라보다가 범 소리와 윤예원의 비명이 들리자 귀를 틀어막는다.

▶ 귀를 막자 모든 주변 소리가 사라진다.

Scene 013	박영일의 집 (회상) / 저녁
Picture	Substance and serif

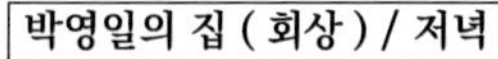

S013-016

바위 뒤에 주저앉아 버둥거리며 울부짖는다.

▶ 머릿속을 울리는 박영일의 울부짖는 소리.

▶ 발에 차이는 자갈 소리.(주변 소리는 들리지 않는다.)

S013-017

오열하는 박영일.

S013-018

산군이 집 밖으로 천천히 걸어 나온다.

▶ 박영일의 울음소리가 아주 작게 들린다.

S013-019A

울음소리가 들리는 방향을 쳐다보는 산군.

S013-019B

산군이 포효할 때 Zoom Out.

오른쪽으로 산군이 걸어갈 때 Camera 천천히 Tilt Down.

바위 뒤에서 울고 있는 박영일.

▶ 박영일의 울음소리 계속.

Scene 013

Picture

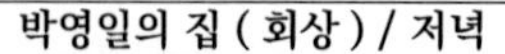

박영일의 집 (회상) / 저녁

Substance and serif

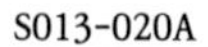

S013-020A

계속 울고 있는 박영일.

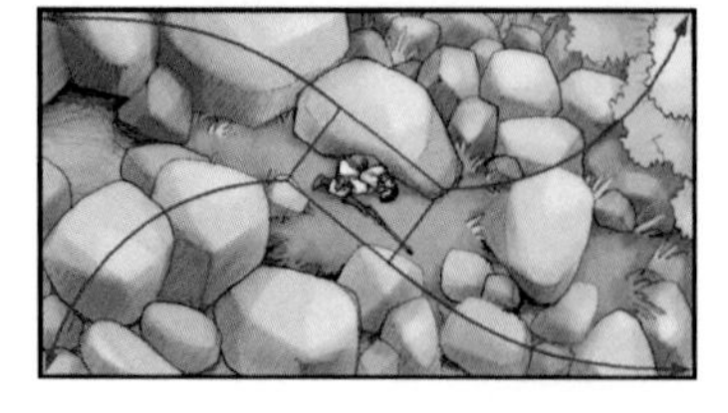

S013-020B

Camera 돌면서 Zoom Out.

Scene 014

절벽 (현재) / 오후

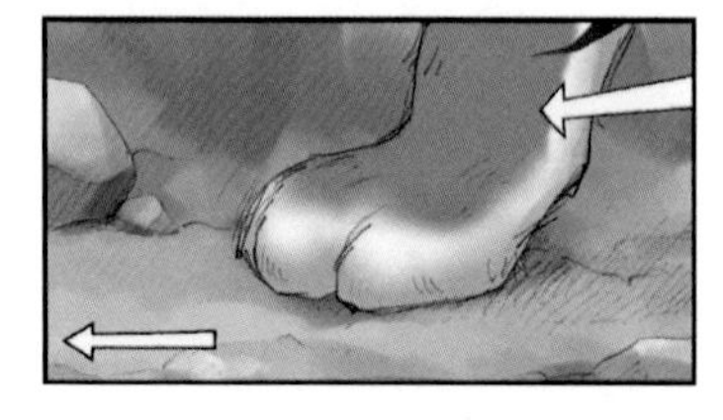

S014-001

산군의 발이 들어온다.

S014-002

나뭇가지에 매달려 울고 있는 새끼 백호.

S014-003

바짝 긴장하고 있는 박영일.
새끼 백호는 계속 버둥거리며 울고 있다.

Scene 014

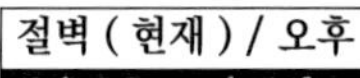

Picture | Substance and serif

S014-004

화면 앞으로 걸어 나오던 산군이 갑자기 멈춰서서 발밑을 한참 살피다가 왼편을 쳐다본다.

S014-005A

설마 하는 표정으로 놀라는 박영일도 자신의 오른편을 돌아본다.

S014-005B

Camera Zoom Out 되며 나무들 사이를 훑어 거치대에 놓여있는 엽총들을 비추고 멈춘다.

S014-005C

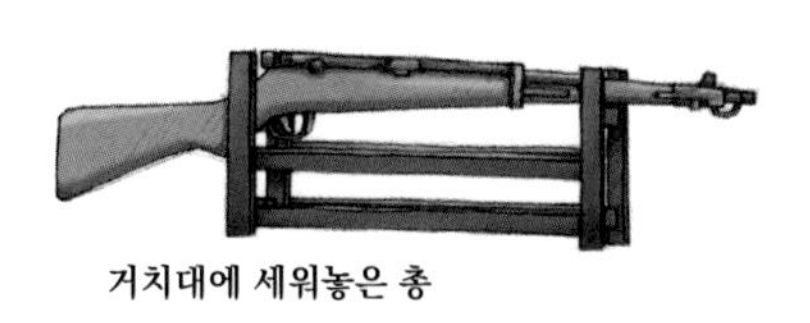

거치대에 세워놓은 총

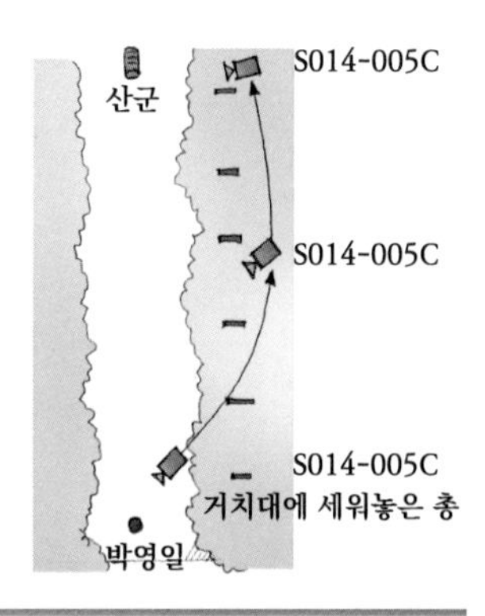

Scene 014	절벽 (현재) / 오후
Picture	Substance and serif

S014-006A

방아쇠에 걸려있는 철사에
Close Up.
철사를 따라 Camera가
서서히 이동한다.

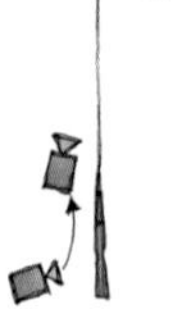

S014-006B

엽총의 총구가 가리키는 곳에 서 있는 산군.
Camera의 이동 방향을 받아 왼쪽으로
돌아봤던 고개를 돌려 정면 밑, 철삿줄을
내려다본다.

S014-007

고개를 들어 박영일 쪽을 바라보며 으르렁대던 산군이 서서히 첫 번째 철삿줄을 넘어서 왼발을 딛는다.

S014-008

당황하는 박영일.
▷ 박 영일 : 말도 안 돼!

S014-009

첫 번째 철사 줄을 지나 계속 걸어오는 산군.
Camera Tilt Down 되면 두 번째 철삿줄이 보이고 철삿줄로 Focus In.

Scene 014	절벽 (현재) / 오후
Picture	Substance and serif

S014-010
걷고 있는 산군을
Camera Follow.
두 번째 철삿줄도
넘는 산군.

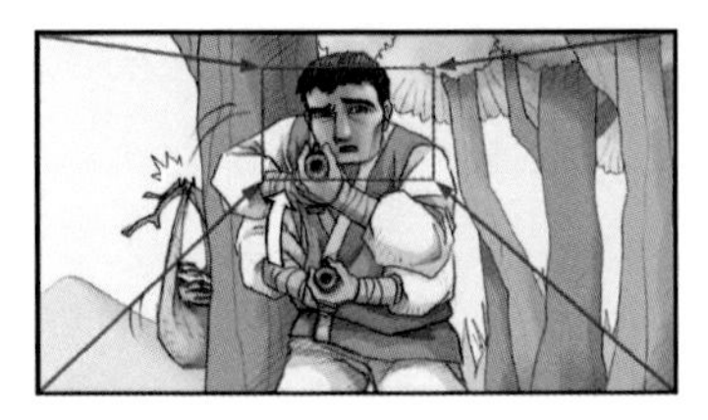

S014-011
덜덜 떨며 총구를 올리는 박영일.
소리를 지를 때 얼굴로 빠른 Zoom In.
박영일의 얼굴 Hold에서 등 뒤로 나뭇가지 부러지는 소리와 새끼 백호가 울어대는 소리가 들린다.
▷ 박 영일 : 안돼!
▶ 빠직!
▶ 카웅! 카웅!

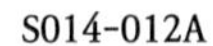

S014-012A
뭔가에 놀란 듯한 산군의 눈에서 빠르게 Zoom Out.

S014-012B
갑자기 달리기 시작하는 산군.

S014-013
당황하는 표정의 박영일.

Scene 014	절벽 (현재) / 오후
Picture	Substance and serif

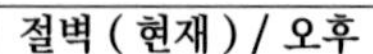

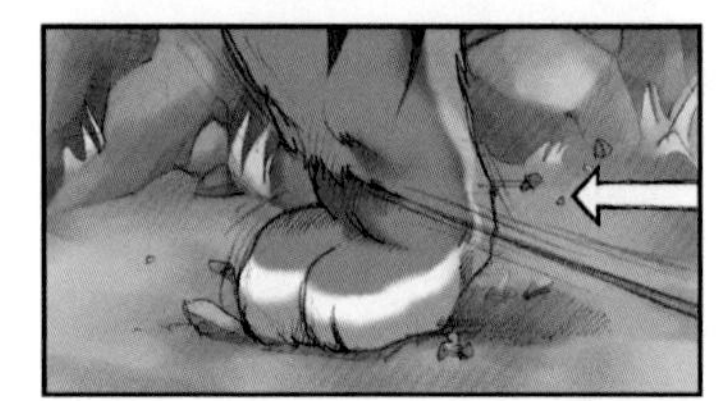

S014-014

뛰어가는 산군의 발에 세 번째 철삿줄이 걸린다.

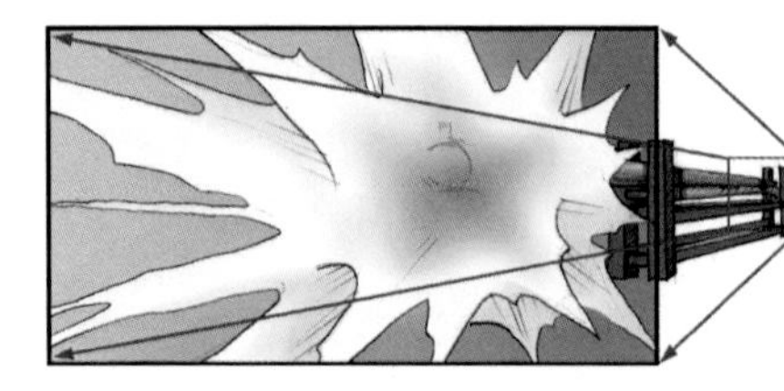

S014-015

철삿줄에 의해 당겨지는 방아쇠에서 빠르게 Zoom Out 되면 엽총의 총구가 불을 뿜는다.

▶ 탕!

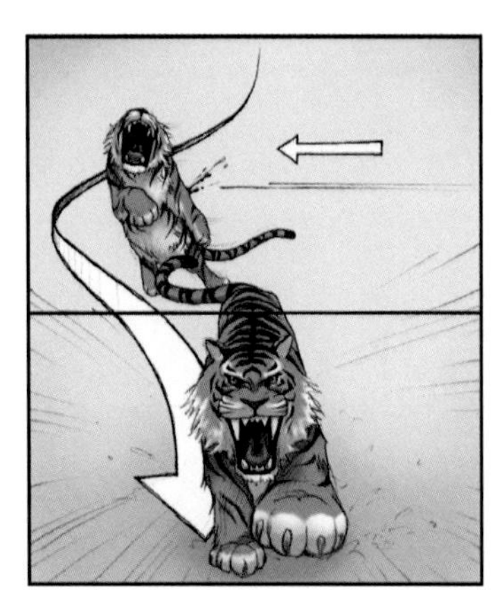

S014-016

총알에 맞고 휘청거리지만 계속 달려오는 산군.

Camera 흔들리며 뛰어오는 산군을 쫓는다.

S014-017

질린 표정으로 약간 뒷걸음질을 치면서 총을 서둘러 들어 올린다.

Scene 014	절벽 (현재) / 오후
Picture	Substance and serif

S014-018

뛰어오는 산군을 따라 Camera가 네 번째 엽총을 중심으로 Follow. 총구 앞을 산군이 지날 때 총구가 불을 뿜는다.

▶ 탕!

S014-019

총을 맞은 충격에 움찔하는 산군의 얼굴 Close Up. 몸이 휘청 하지만, Camera가 산군의 얼굴을 계속 Follow.

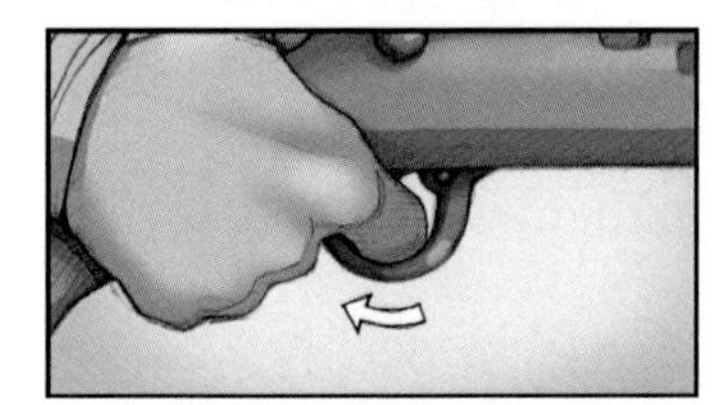

S014-020

방아쇠를 당기는 박영일의 손.

▶ 탕!

S014-021

뛰어오는 산군의 발치에 맞는 총알.

흔들리며 산군을 쫓는 Camera.

빠르게 Camera 앞으로 달려드는 산군.

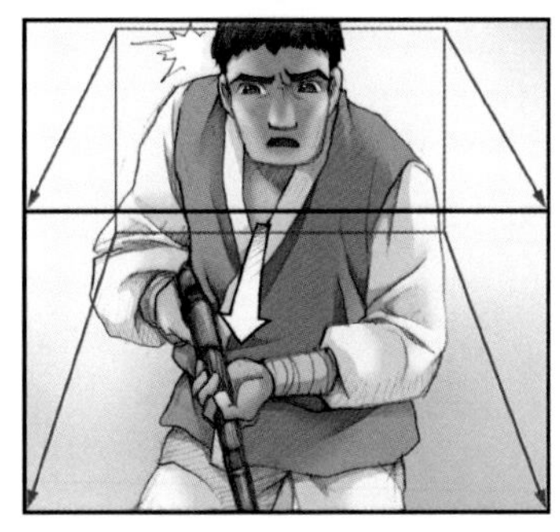

S014-022

놀란 표정으로 총구를 내릴 때 Zoom Out 되면서 Cut.

Scene 014	절벽 (현재) / 오후
Picture	Substance and serif

S014-023

당황하지만 장전 손잡이를 잡고 장전하는 박영일.

산군이 달려오는 모습에서 또 한발의 총소리와 함께 움찔하는 산군.

S014-024

놀란 표정으로 굳은 듯 서 있는 박영일.

S014-025

계속 뛰어오는 산군과 마지막으로 들려오는 총성.총알을 맞고 움찔하는 동시에 잔뜩 웅크렸다가 도약하는 산군.
Camera Tilt Up과 동시에 화면 Slow.

▶ Slow와 동시에 서서히 사라지는 주변 소리.
▶ 산군의 발소리와 호흡 소리만이 들린다.

Scene 014	절벽 (현재) / 오후
Picture	Substance and serif

S014-026

정면 Shot에서 Camera가 산군을 올려다보는 박영일의 시선을 좇는다.두려워하는 박영일의 표정과 몸 위로 산군의 어두운 그림자가 드리워진다.

Slow.

▶ 헉헉거리는 박영일의 숨소

S014-027

방아쇠울 안의 손가락과 엽총을 들고 있는 양손에 힘이 들어가며 서서히 총구가 올라간다.

Slow.

S014-028

거의 공중에 떠 있듯이 서서히 움직이는 산군과 박영일의 총구.

Slow.

S014-029

총구를 올리며 약간 뒷걸음치는 박영일의 모습. 박영일의 위치가 화면 오른쪽으로 치우쳐 있다. Camera가 왼쪽으로 이동하면서 산군의 그림자도 왼쪽으로 박영일을 벗어난다. Slow.

S014-030

박영일과 상관없이 박영일을 넘어 오른쪽을 향하는 산군을 박영일의 시선이 좇는다. Camera가 오른쪽으로 Pan 하며 산군의 몸통을 비춘다.

Slow.

Scene 014	절벽 (현재) / 오후
Picture	Substance and serif

S014-031

오른쪽으로 돌아가는 박영일의 얼굴과 시선. Slow.

S014-032

순간 돌부리에 발이 걸려 뒤로 넘어지는 박영일. Slow.

S014-033A

넘어지는 박영일의 얼굴에서 빠르게 Zoom Out. 캐릭터의 움직임은 계속 Slow.

S014-033B

박영일과 상관없는 방향으로 향하고 있는 산군이 보이고 넘어지면서 몸이 거의 땅과 평행을 이루고 있는 박영일.
엽총의 총구가 산군을 향한다.

S014-034

밑에서 보이는 산군의 배. 박영일의 몸이 땅으로 넘어지면서 머리와 팔이 빠르게 Frame Out. 털썩하며 바닥에 떨어지는 소리와 함께 엽총의 총구에서 총알이 발사된다.
▶ 털썩!
▶ 탕!

Black

S014-035

Fade Out.
짧은 Black Insert.

Scene 014

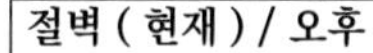

Picture | Substance and serif

S014-036

서서히 Fade In.
누워서 본 하늘.
▶ 서서히 숲의 소리와 바람 소리, 새소리 등이 들려 온다.

S014-037

멍하니 누워있는 박영일에게서 Camera Zoom Out 되면 왼쪽에 산군의 몸이 보인다.
▶ 주변 소리에서 두드러지게 들려오는 새끼 백호의 울음소리.

S014-038

죽어있는 산군의 얼굴 뒤에서 부스스 일어나 돌아보는 박영일.
▶ 새끼 백호의 울음소리.

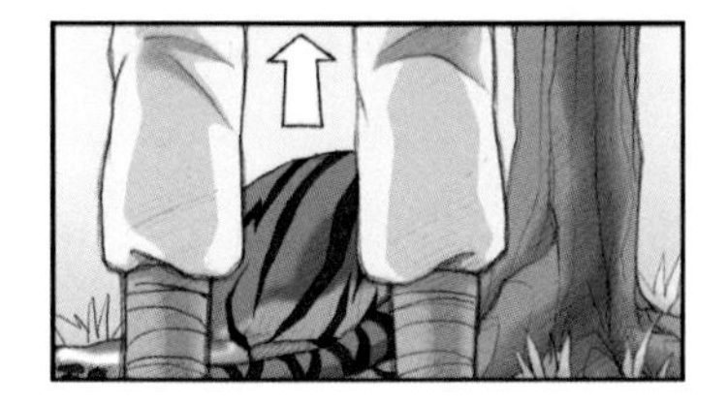

S014-039

일어서는 박영일. 산군의 배 밑으로 붉은 피가 흥건히 배어 나온다.
▶ 더욱 커지는 새끼 백호의 울음소리.

S014-040

산군 사체 쪽으로 다가오던 박영일이 멈춰서면 Camera Zoom Out 되면서 부러진 나뭇가지를 지나 산군의 왼쪽 앞발에 걸려있는 새끼 백호의 부댓자루를 비춘다.
부러진 소나무 가지도 함께 달려있고 새끼 백호 이마에는 길고 깊은 상처가 나 있다..

Scene 014	절벽 (현재) / 오후
Picture	Substance and serif

S014-041

죽어있는 산군과 멍하니 서 있는 박영일.
▶ 새끼 백호의 울음소리.

S014-042

산군의 발끝에 걸려있는 새끼 백호가 울며 몸부림을 치자 함께 걸려있던 부러진 소나무 가지가 엄청난 높이의 절벽 밑으로 떨어진다.

S014-043

산군을 내려다보던 박영일의 표정이 서서히 울먹이더니 이내 두 눈에서 눈물이 주르륵 흘러내린다.

S014-044

털썩 주저앉아 울음을 터뜨리는 박영일.
천천히 Camera가 Zoom Out 되면서 Tilt Up.
백두산의 전경이 나오고 **“1912년 백두산”** Text가 떴다 사라진다.
Fade Out.

Scene 015	도토리 마을 / 오후
Picture	Substance and serif

S015-001

Fade In.
여러 사람이 둘러서서 뭔가를 내려다보고 있는 모습.
이만호와 강칠두, 김영산의 모습도 보인다.
▶ 웅성거리는 사람들 소리.

S015-002

한 꼬마가 뛰고 있다.

S015-003

어른들이 둘러서 있는 무리 쪽으로 뛰어가고 있는 꼬마의 뒷모습.

S015-004

무리에 다가와 안을 들여다보려 하지만 여의치 않자 어른들 틈새를 파고들려고 애를 쓴다.

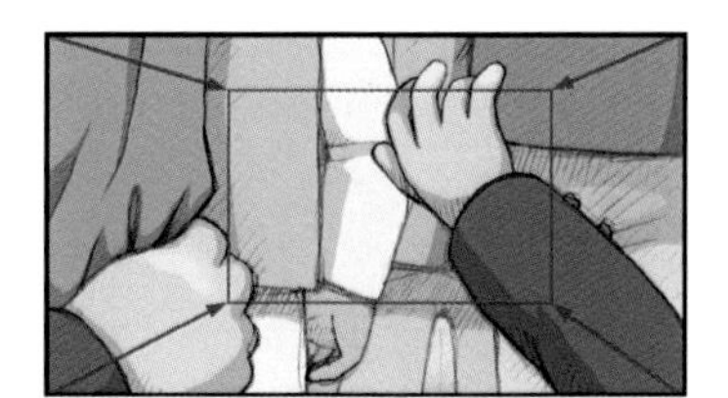

S015-005

힘들게 무리 사이를 비집고 앞으로 나가는 아이의 시선.
▷ 아이 : 웃차!

Scene 015	도토리 마을 / 오후
Picture	Substance and serif

S015-006A

어른들 사이에서 빠져나온 꼬마.

S015-006B

놀라는 꼬마 표정에서 Zoom Out.
죽어있는 산군이 보인다.

S015-007

산군의 시체와 그 옆에 무릎을 꿇고 앉아있는 박영일. 심영감과 도토리 마을의 두령 윤종도의 모습도 보인다.
도토리 마을의 전경이 비춰진다.

S015-008

산군 옆에 무릎을 꿇고 있는 박영일.
앞에는 마루에 걸터앉아 고개를 숙인 채 슬퍼하는 윤종도의 모습이 보인다.

S015-009

침통한 표정으로 고개를 숙이고 있는 박영일.

Scene 015

Picture

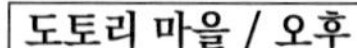

도토리 마을 / 오후

Substance and serif

S015-010

무릎 꿇고 있는 박영일 뒤쪽으로 보이는 도토리 마을 사람들.

▷ 노 인 1 : (혀를 차며) 이거이 무슨...

S015-011

▷ 아 낙 1 : 하이고! 무슨...

S015-012

걱정스러운 표정으로 무리를 돌아보는 심영감.

▷ 아 낙 1 : ...낯짝으로 여길 찾아왔네?

S015-013

괴로워하는 윤종도의 표정.

▷ 남 자 1 : 예원 아씨가 어드런 분인데... 쯧쯧

S015-014

▷ 노 인 2 : 이런 놈은 살려둬선 아이됀다.

Scene 015	도토리 마을 / 오후
Picture	Substance and serif

S015-015A

무리 뒤편에 서 있는 이만호.

S015-015B

강칠두를 바라보는 이만호.

Zoom Out.

▷ 강 칠두 : 두령님! 이놈은 죽어 마땅한 짓을 저질렀소. 이리 맡겨 주기오. 지들이 처리 하갔소.

S015-015C

아낙2에게 시선을 옮길 때 Camera 왼쪽으로 Pan.

▷ 아 낙 2 : 맞소. 그리 예쁜 예원 아씨가 어찌 저런 놈하고 눈이 맞아가 천수를 못 누리고 세상을 떴는가?

S015-016

사람들의 시선이 아낙2를 향한다.

이만호의 표정이 특히 좋지 않다.

▷ 아 낙 2 : 얼라도 참으로 예뻤는데. 글 좀 읽었다고 난 척 하드만 산군님께서 제대로 벌을 주신 기야.

S015-017

아낙2 옆의 남편이 옆구리를 툭 치며 눈치를 준다.

Scene 015

Picture

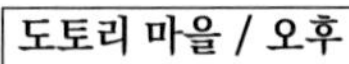

Substance and serif

S015-018

아낙2는 주변의 따가운 시선을 느끼고 조용해지지만 이내 아낙3이 목청을 높인다.

▷ 아 낙 3 : 예원이를 생각해서라도 저런 놈은 용서해선 아이 돼지요.

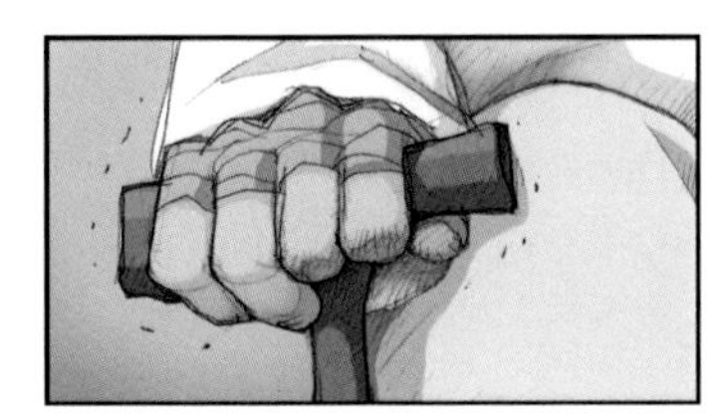

S015-019

지팡이를 잡은 윤종도의 오른쪽 조막손이 부르르 떨린다.

▷ 아 낙 3 : 걔가 우리 두령님이 어쩨 키운 딸자식인데...

S015-020

마루를 주먹으로 치며 호통을 치는 윤종도.

▷ 윤 종도 : 조용히들 못 하는가?

S015-021

쭈뼛거리며 입을 다무는 마을 사람들.

S015-022

▷ 윤 종도 : 심영감!

Scene 015	도토리 마을 / 오후
Picture	Substance and serif

S015-023

두령을 돌아보는 심영감.

▷ 윤 종도 : 심메마니가 산삼을 캐거나 포수가 물범이나 곰을...

S015-024

▷ 윤 종도 : 잡았을 때 등치기를 하여 물건을 도적질하는 놈들을 우린 어떻게 벌하는가?

S015-025

▷ 심 영감 : 서낭당에 묶어 놓아 산이 심판하게 합니다.

S015-026

박영일의 모습. 멀리 보이는 심영감.

▷ 윤 종도 : 장에 내다 팔기 위해 온 마을이 모아 온 오소리 가죽을 훔쳐 돈을 챙긴 놈에겐 어떻게 했었소?

S015-027

▷ 심 영감 : 서낭당의 호식총[虎食塚] 옆에 묶어 놓아 산이 심판하게 했습니다.

Scene 015

Picture

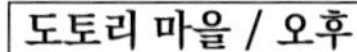

Substance and serif

S015-028

고개를 천천히 들며 마을 사람들을 향해 큰 소리로 말한다.

▷ 윤 종도 : 들었는가? 이놈이 산에 지은 죄는 산이 벌하게 한다. 그게 산 사람들의 법도다.

S015-029

먼 산의 풍경.

▷ 윤 종도 : 내일 아침까지 산이 살려주시면 이놈은 사는 것이고 죽게 되면 지 죗값인 거다.

S015-030

강칠두와 이만호를 비추던 Camera는 김영산이 대사를 할 때 김영산 쪽으로 Pan/Zoom Out 된다.

▷ 강 칠두 : 두령님! 산군이 죽은 마당에 누가 벌한단 말 입네까?

▷ 김 영산 : 맞습네다. 산군 가족 다 죽이고 지 가족 죽는 것도 나 몰라라 한 놈 입네다. 지들이 처리하게 해주시라요.

S015-031

가만히 마을 사람들을 지켜보다 눈을 감는 윤종도.

▷ 김 영산 : 산군도 없는 산에 묶어 놔 봐야 유월 날씨에 고뿔 밖에 더 걸리겠습네까?

S015-032

마을 사람들을 향해 심영감이 조곤조곤 얘기 한다.

▷ 심 영감 : 그 짐승 길에 산군만 다니는가? 굶어 돌아다니는 이리 떼가 범보다 더 끔찍하지.

Scene 015	도토리 마을 / 오후
Picture	Substance and serif

S015-033

▷ 아 낙 2 : 허긴 그놈들도 무섭겠구먼.
열댓 마리 씩 떼로 몰려 다니니께.
아낙2가 다시 입방정을 떨자 옆에 있던 남편이 또 눈치를 준다. 약간 수군거리는 마을 사람들. 아낙2를 노려보는 이만호.
Camera Pan/Zoom Out.

S015-034

▷ 윤 종도 : 만호야!
▷ 이 만호 : 예!
두령 윤종도가 부르자 돌아보는 이만호.

S015-035

▷ 윤 종도 : 네가 칠두하고 영산이 데리고...

S015-036

▷ 윤 종도 : 이놈을 서낭당에 묶어 놓는 일 좀 맡아 주거라.

S015-037

▷ 이 만호 : 예!
이만호의 대답이 떨어지기 무섭게 먼저 앞으로 나서는 강칠두와 김영산.

Scene 015

Picture

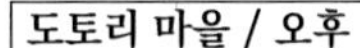

도토리 마을 / 오후

Substance and serif

S015-038

무릎 꿇고 있는 박영일에게 다가와 팔을 잡고 일으키려는 김영산과 강칠두.

S015-039

힘없이 눈을 뜨고 체념한 표정으로 김영산과 강칠두의 부축을 받으며 일어서는 박영일의 얼굴 Close Up.

▷ 강 칠두 : 자! 일어나라.

S015-040

마을 사람들 쪽으로 돌아서는 박영일.

앞으로 나와 있는 이만호가 박영일을 바라본다.

S015-041

▷ 윤 종도 : 만호야!

S015-042

일행을 보다가 윤종도를 돌아보는 이만호.

강칠두가 힐끔거린다.

뒤쪽 마을 사람이 자리를 비켜주는 모습도 보인다.

▷ 이 만호 : 예!

Scene 015	도토리 마을 / 오후
Picture	Substance and serif

S015-043

▷ 윤 종도 : 서낭당에 단단히 묶어 두어야 한다.

S015-044

잠시 뜸을 들이다가 대답한다.

▷ 이 만호 : 예!

S015-045

뒤로 돌아 박영일, 김영산, 강칠두를 쫓아가는 이만호. Camera Tilt Up.

네 명이 가는 길을 마을 사람들이 비켜준다.

S015-046

정면을 바라보던 윤종도는 천천히 심영감 쪽을 돌아본다.

Scene 015	도토리 마을 / 오후
Picture	Substance and serif

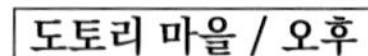

S015-047

모두 마을 어귀로 나가고 있는 박영일과 세 명을 보고 있지만 심영감은 윤종도를 바라보고 있다가 허리를 굽혀 인사한다.

S015-048

가볍게 고개 숙여 답례하는 윤종도의 눈시울이 눈물로 촉촉하다.

S015-049

마을의 전경과 사람들이 보인다.

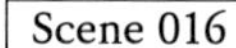

Scene 016	산길 / 오후

S016-001

맑은 하늘과 산봉우리.

S016-002

산길을 걷고 있는 이만호, 박영일, 김영산, 강칠두.

Scene 016

Picture

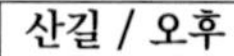

산길 / 오후

Substance and serif

S016-003A

힘없이 걷고 있는 박영일 얼굴에서 Zoom Out.

S016-003B

이만호, 김영산, 강칠두는 엽총을 메고 있다.

Dissolve.

Scene 017

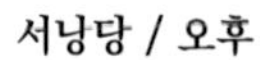

서낭당 / 오후

S017-001

작은 서낭당의 모습이 보인다.

S017-002

장승의 모습.

S017-003A

호식총이 보인다.

Zoom Out.

Scene 017	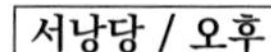
Picture	Substance and serif
	S017-003B 길 밑에서 이만호와 일행들이 올라오고 있다. Dissolve.
	S017-004 굵은 주목의 밑동에 묶여있는 박영일의 몸. ▶ 끈 묶는 소리.
	S017-005 나무 뒤에서 끈을 묶고 있는 김영산의 모습이 보인다.
	S017-006 바위 위에 걸터앉아있는 이만호.
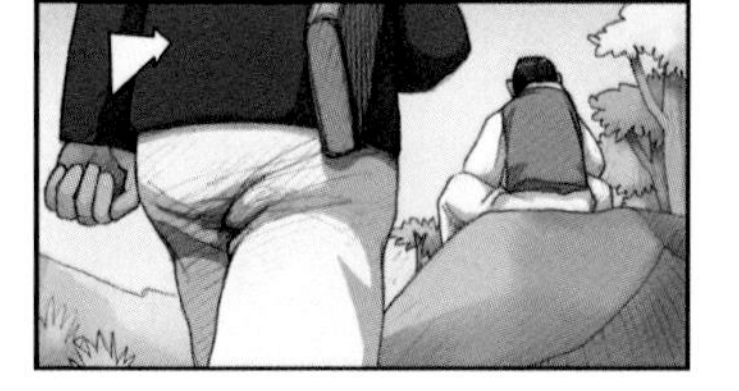	S017-007 화면 안으로 들어오는 김영산의 뒷모습.

Scene 017	서낭당 / 오후
Picture	Substance and serif

S017-008

이만호에게 다가와 말을 하는 김영산.

▷ 김 영산 : 다 됐다.

S017-009

바위에서 일어서는 이만호.

뒤쪽으로 서낭당과 나무에 묶여있는 박영일의 모습도 보인다.

▷ 이 만호 : 그래? 그럼 가자.

S017-010

서낭당 쪽 박영일을 살펴보고 있던 강칠두가 놀란 듯 이만호를 돌아보며 묻는다.

▷ 강 칠두 : 어... 정말로 기냥 가는 거네?

S017-011

몸을 일으키며 얘기하는 이만호.

▷ 이 만호 : 그럼?

S017-012

화면 안으로 들어오는 김영산의 뒷모습.

▷ 강 칠두 : 아니... 기래도.

Scene 017	서낭당 / 오후
Picture	Substance and serif

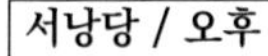

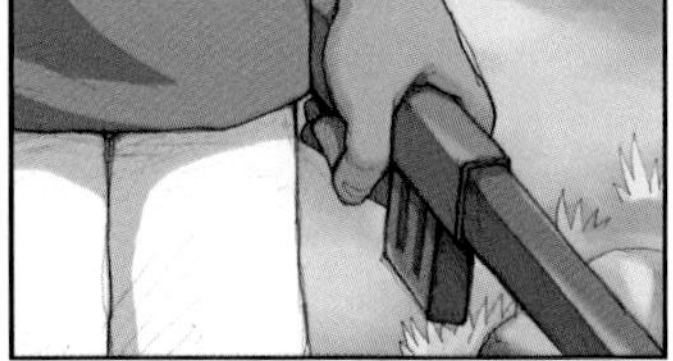

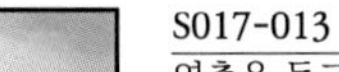

S017-013

엽총을 들고 있는 이만호의 손.

▷ 이 만호 : 총이라도 쏠라나?

S017-014

잠시 말이 없는 일행들.

뒤쪽으로 나무 밑동에 묶여 있는 박영일과 서낭당 전체의 모습이 한 화면에 들어온다.

S017-015

주뼛거리며 서로 눈치를 살피는 김영산과 강칠두.

S017-016

이만호의 총이 보인다.

▷ 이 만호 : 아니면 죽도록 패기라도 할 란가?

S017-017

손사래를 치며

▷ 김 영산 : 아이다 뭐... 기냥 가자!

Scene 017	서낭당 / 오후
Picture	Substance and serif

S017-018

잠시 강칠두와 김영산을 바라보던 이만호는
천천히 엽총을 어깨에 걸치고 걸어간다.
이만호의 표정에 슬픔이 배어있다.
강칠두와 김영산도 따라 걷기 시작한다.

S017-019

나무에 묶인 박영일이 눈을 뜨고 살짝 고개를
든다.

S017-020

박영일 앞을 지나쳐가는 세 사람.

S017-021

힘없이 들리는 박영일의 목소리.
▷ 박 영일 : 미안하다.
우뚝 멈춰서는 이만호와 일행.강칠두와
김영산이 박영일을 쳐다볼 때 Cut.

S017-022

이만호가 서서히 돌아서 걸어 나온다.
그런 이만호를 바라보는 김영산과 강칠두의
표정이 좀 긴장된다.

Scene 017	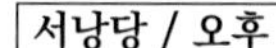 서낭당 / 오후
Picture	Substance and serif

S017-023

화면 안으로 들어오는 이만호. 잠시 서 있다가 말을 뱉는다.

▷ 이 만호 : 뭐라?

S017-024

아무 말 없는 박영일의 얼굴.

S017-025

멀리서 지켜보고 있는 김영산과 강칠두가 보인다.

▷ 이 만호 : 니 지금 뭐라 했나?

잠시의 침묵.

S017-026

갑자기 박영일에게 확 달려들어 멱살을 잡고 흔들어 대는 이만호.

▷ 이 만호 : 미안하다고? 네 놈 입에서 어찌 미안하단 말이 나오는가?

S017-027

▷ 이 만호 : 내 평생 예원이 만을 사랑하며 살아왔다. 두령 영감에게도 내가 얼마나 끔찍하게 했는지 아네?

Scene 017	서낭당 / 오후
Picture	Substance and serif

S017-028

▷ 이 만호 : 기런데 일본군에 쫓겨 백두산으로 도망 온 빙신 같은 놈이 예원이를 낚아가?

S017-029

계속 흔들리는 박영일의 몸.
옷섶에서 노끈에 묶여있는 빨간 비단 옷고름이 슬며시 비어져 나온다.

▷ 이 만호 : 그래 내가 못나 그랬다 치자. 그럼 네놈이 그 예원이 가시나...

S017-030

아무 말 없는 박영일. 말을 마칠 때쯤 더 심하게 멱살을 흔든다.

▷ 이 만호 : 평생 책임져야 하는 기 아니냔 말이다. 이런 겁쟁이 자식아!

S017-031

빨간 옷고름이 땅에 떨어진다.

▶ 툭!

S017-032

바닥을 내려다보며 천천히 멱살을 잡고 있던 팔을 내리는 이만호.

Scene 017

Picture

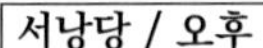

서낭당 / 오후

Substance and serif

S017-033

우두커니 옷고름 뭉치를 내려다보고 있는 이만호.

S017-034

▷ 박 영일 : 미안하다.

박영일의 말이 끝난 후에도 계속 밑을 내려다 보고 있던 이만호가 팔을 뻗는다.

S017-035

이만호의 손이 옷고름 뭉치를 잡는다.

S017-036

일어서는 이만호.

S017-037

옷고름이 풀리며 길게 늘어뜨려진다.

Camera Follow.

뒤에 박영일의 모습이 보인다.

Scene 017

Picture

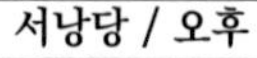
서낭당 / 오후

Substance and serif

S017-038

옷고름을 내려다보던 이만호가 주먹을 움켜쥔다.

S017-039A

Focus Out 되어있는 호식총을 바라보는 이만호.

S017-039B

호식총 쪽으로 걸어오면서 호식총에 Focus In 되며 서서히 Zoom Out.

S017-040

박영일이 천천히 고개를 든다.

▷ 이 만호 : 너 이 호식총이 뭔지나 아네?

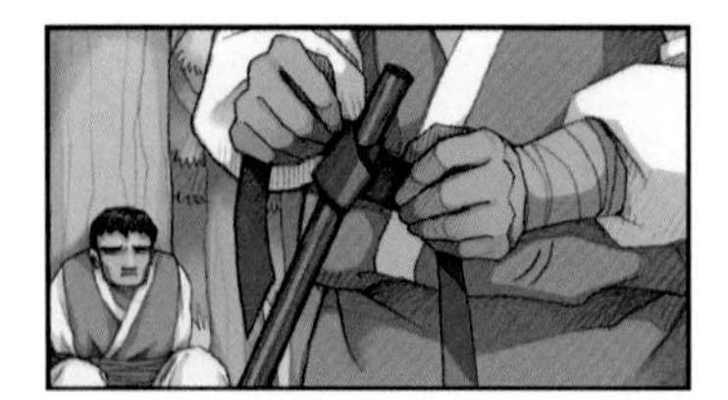

S017-041

호식총의 쇠꼬챙이에 옷고름을 묶고 있는 이만호의 손이 보인다.

뒤편에 박영일의 모습도 보인다.

▷ 이 만호 : 이 호식총은 범한테 죽은 사람이...

Scene 017	서낭당 / 오후
Picture	Substance and serif

S017-042

서낭당의 모습이 비친다.

▷ 이 만호 : 창귀가 되지 말라고 만든 무덤이야.

S017-043

우두커니 지켜보며 서 있는 강칠두와 김영산.

▷ 이 만호 : 범한테 죽으면 살아생전 가까운 사람들을 꼬여내 범한테 데려가는 창귀라는 원혼이 되는데…

S017-044

옷고름을 묶은 후 쇠꼬챙이에 손을 얹는 이만호.

▷ 이 만호 : 호식총은 그런 창귀를 가둬 놓으려고 만든 무덤이지.

S017-045

돌아보는 이만호.

▷ 이 만호 : 그래서 밤에는 창귀들이 들끓어.

S017-046

박영일을 바라보는 이만호.

▷ 이 만호 : 예원이래 오늘 밤 네놈을 데려갔음 좋겠다.

Scene 017	서낭당 / 오후
Picture	Substance and serif

S017-047

침울한 표정으로 바닥을 내려다보는 박영일.
▶ 이만호가 걸어가는 발소리가 들린다.

S017-048

앞을 지나가는 이만호를 바라보는 강칠두와 김영산도 곧 그 뒤를 따른다.

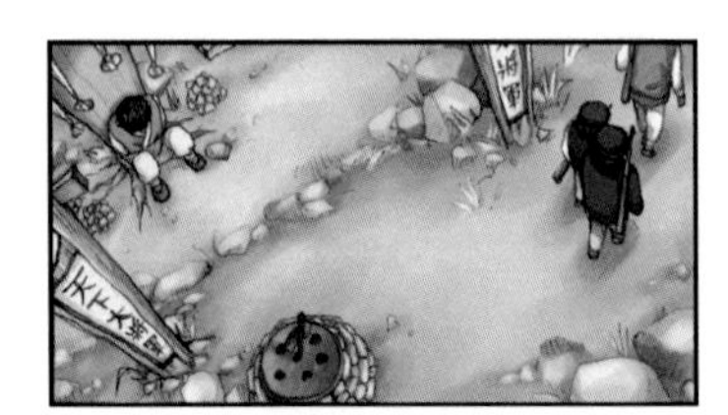

S017-049

박영일을 남겨두고 서낭당을 떠나는 세 명.

S017-050A

고개를 들어 옷고름 쪽을 바라보는 박영일.

S017-050B

옷고름으로 Focus In.
옷고름이 바람에 날린다.
Dissolve.

Scene 018	서낭당 / 밤
Picture	Substance and serif

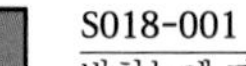

S018-001

밤하늘에 떠 있는 달.

▶ 밤벌레 우는 소리.

S018-002

밧줄에 묶인 채로 힘없이 앉아있는 박영일.

S018-003

감고 있던 눈을 뜨고 고개를 살짝 드는 박영일.

▶ 벌레 우는 소리가 그친다.

S018-004

빠르게 화면을 가로질러 뛰어가는 여자아이.

놀라서 고개를 드는 박영일.

▶ 여자아이 웃음소리.

S018-005

놀란 눈으로 두리번거리다 왼쪽으로 시선을 옮겨 뭔가를 발견한다.

Scene 018	서낭당 / 밤
Picture	Substance and serif

S018-006A

불안하게 흔들리는 박영일의 시선. 호식총 꼬챙이에 옷고름이 없다. 다시 들리는 아이의 웃음 소리에 Camera 왼쪽으로 Pan.
지하여장군 옆에 살짝 모습이 보이는 박영일의 딸.

S018-006B

빠르게 뛰어가는 딸을 쫓는 박영일의 시선.
오른쪽으로 Pan 하면 호식총 옆에 서 있는 윤예원의 모습이 보인다.
엄마의 치마폭으로 달려가 안기는 딸.

S018-007

놀라는 박영일.

S018-008

미소를 띠며 서 있는 윤예원.
빨간 비단 옷고름이 윤예원의 가슴에 달려있다.
어두운 밤인데도 빨갛게 빛나고 있다.

Scene 018	서낭당 / 밤
Picture	Substance and serif

S018-009

눈물이 흐르는 박영일의 두 눈.

S018-010

주변 사물들이 검게 사라지고 윤예원과 딸만 검은 공간에 떠 있듯이 서 있다. 딸아이가 땅바닥에서 메뚜기를 발견한 듯이 뭔가를 잡으려고 웃으며 뒤쪽 어둠 속으로 폴짝폴짝 뛰어 들어간다. 딸아이를 좇아 윤예원도 뒤돌아 걸어가기 시작한다.

▶ 딸아이의 웃음소리.

S018-011

목이 메이는 박영일.

▷ 박 영일 : 미안하오. 미안하오...

S018-012A

어둠 속으로 사라지는 윤예원.

흐느끼는 박영일.

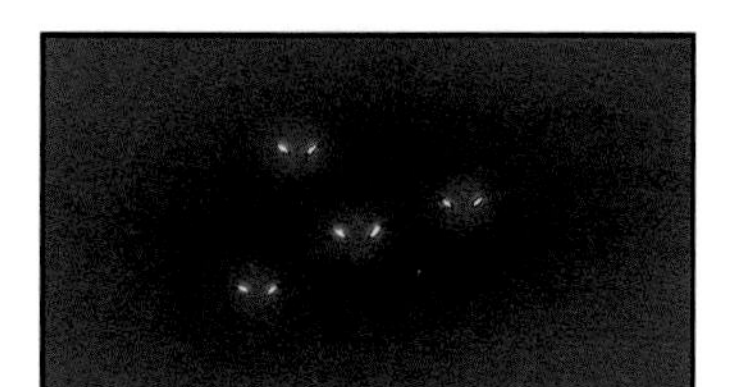

S018-012B

검은 어둠 속에서 반짝이는 불빛이 두 개, 네 개, 서른 개로 불어나더니 서서히 다가온다.

Scene 018	서낭당 / 밤
Picture	Substance and serif

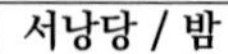

S018-012C

어둠 속에서 이리떼의 모습이 나타난다.
주변 환경도 보이기 시작한다.
▶ 이리떼의 으르렁대는 소리.

S018-013

서서히 박영일을 좁혀오는 이리떼들.

S018-014

당황하는 박영일의 표정.
▶ 그르렁!

S018-015

서서히 다가오는 이리떼.

S018-016

당황한 표정의 박영일 몸을 움직여보지만
소용없다.

Scene 018

Picture

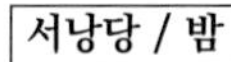

서낭당 / 밤

Substance and serif

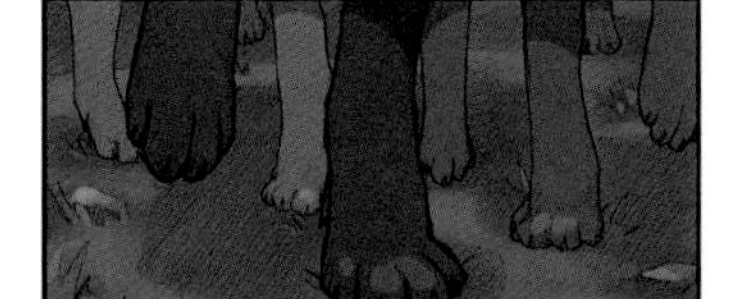

S018-017

앞으로 나오는 이리떼들의 발.

S018-018

맨 앞쪽 우두머리의 얼굴로 Zoom In.

S018-019

슬픈 표정의 박영일이 눈을 감는다.

Black Fade Out.

▶ 이리떼의 으르렁거림이 최고조에 다다랐다가 화면과 같이

Fade Out.

Scene 019

서낭당 / 새벽

S019-001

Fade In.

이슬이 맺혀있는 나뭇잎 건너편으로 보자기를 쥐고 걷고 있는 윤종도의 모습이 나타난다.

S019-002

다리를 절며 힘들게 산길을 올라오고 있는 두령 윤종도.

Scene 019

Picture

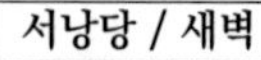

서낭당 / 새벽

Substance and serif

S019-003

걸음을 멈추고 숨을 고르며 산 위쪽을 한참 응시한다.

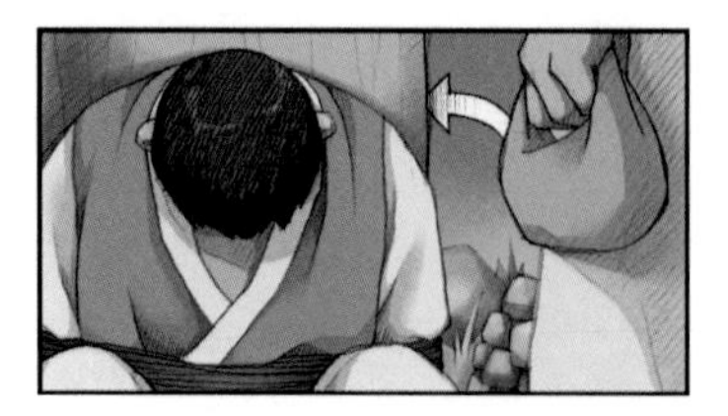

S019-004

나무에 묶인 채 고개를 푹 숙이고 있는 박영일의 모습이 오래 비친다.
잠시 후 윤종도가 나타나 나무 뒤쪽으로 돌아간다.
▶ 멀리서부터 걸어오는 윤종도의 발소리.

S019-005

고개를 숙이고 있던 박영일이 눈을 뜬다.
▶ 뒤쪽에서 부스럭거리는 소리.

S019-006

나무 뒤에서 밧줄을 풀고 있는 윤종도.

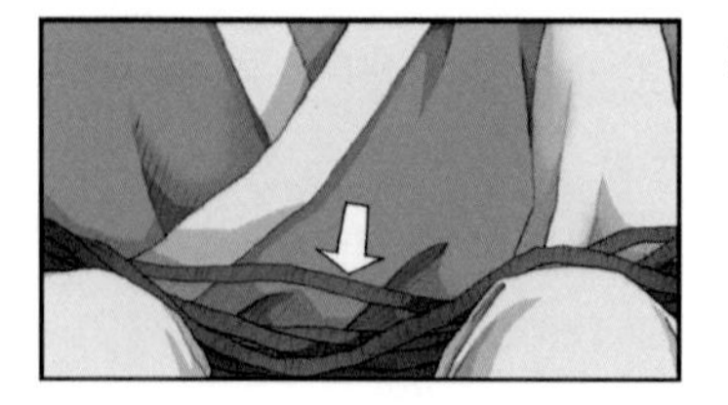

S019-007

밧줄이 느슨해지며 풀린다.

Scene 019

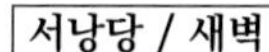

서낭당 / 새벽

Picture	Substance and serif

S019-008

줄이 풀리자 몸을 감싸 안고 추위에 떠는 박영일.
뒤쪽에서 일어서는 윤종도의 모습이 보인다.

S019-009

이까지 딱딱 부딪히며 떨고 있는 박영일의 옆으로 윤종도가 걸어가는 모습이 보인다.

S019-010

고개를 들어 윤종도 쪽을 바라보는 박영일.

S019-011

새벽빛을 받으며 걸어가는 윤종도의 뒷모습.
Dissolve.

S019-012

시간 경과.
바위 위에 펼쳐져 있는 보자기와 주먹밥.
▶ 주먹밥 먹는 소리

Scene 019	서낭당 / 새벽
Picture	Substance and serif

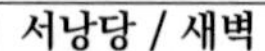

S019-013

허겁지겁 주먹밥을 먹고 있는 박영일.

S019-014

옆에서 물끄러미 바라보던 윤종도가 고개를 돌려 정면을 바라볼 때 Cut.

S019-015

먼 산을 바라보고 있는 윤종도 한참 후에 말을 한다.

▷ 윤 종도 : 예원이가 네 녀석과 결혼하겠다고 했을 때...

S019-016

주먹밥을 입에 문 채 움직이지 못하는 박영일.

▷ 윤 종도 : 마을 사람들은 난리였지만 난 반대하지 않았다.

S019-017

이름 모를 새가 천천히 선회하고 있다.

Scene 019	서낭당 / 새벽
Picture	Substance and serif

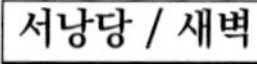

S019-018

바위에 걸터앉아있는 박영일과 윤종도의 뒷모습.
박영일의 팔이 서서히 내려온다.
▷ 윤 종도 : 똑똑한 여식이 결정한 일을 반대해서 뭐하겠냐?

S019-019

주먹밥을 쥔 박영일의 양손이 보인다.
▷ 윤 종도 : 이렇게 된 것도 다 지 팔자겠지.

S019-020

밥을 입에 물고 있는 박영일의 입술이 떨리고 있다.

S019-021

바위에서 일어서는 윤종도.
뒤쪽에 고개를 숙이고 앉아있는 박영일이 보인다.
▷ 윤 종도 : 자식이 택했고 산이...

S019-022

일어선 윤종도.
▷ 윤 종도 : 용서한 일을 더 뭐라 하지 않겠다.

Scene 019

Picture

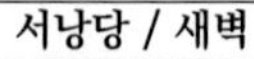

서낭당 / 새벽

Substance and serif

S019-023A

말을 끝마치고 돌아 걸어가는 윤종도 화면으로 날고 있는 새가 들어온다.
새를 쫓는 카메라.
▷ 윤 종도 : 앞으로 잘 살아라.
▶ 새 우는 소리.

S019-023B

조용한 산의 모습.
▶ 새 우는 소리.

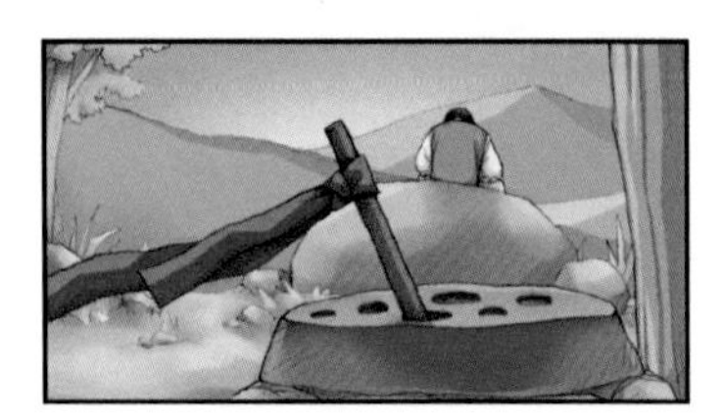

S019-024

호식총에 꽂혀있는 쇠꼬챙이에 옷고름이 묶여 날리고 있다. 멀리 멍하니 앉아있는 박영일의 뒷모습이 보인다.

Scene 020

박영일의 집 ➡광 안 / 오전

S020-001

싸리문을 잡고 들어오는 박영일의 몸.
박영일 얼굴 쪽으로 Camera Tilt Up.

Scene 020	박영일의 집 ➡ 광 안 / 오전
Picture	Substance and serif

S020-002

집을 바라보다가 천천히 움직이기 시작하는 박영일.

S020-003

싸리문 안으로 천천히 걸어 들어온다.

S020-004

바닥을 둘러보는 박영일.

S020-005A

바닥을 둘러보는 박영일의 시선.
광문이 삐걱 열리는 소리에 Camera 이동하면 문 열고 나오는 심영감이 보인다.

Scene 020	박영일의 집 ➡ 광 안 / 오전
Picture	Substance and serif

S020-005B

광문을 나오는 심영감 얼굴로 Zoom In.

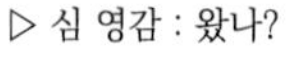

▷ 심 영감 : 왔나?

S020-006

박영일 발 너머로 깨끗한 마당과 장독 등이 보인다. 뒤쪽으로 심영감이 걸어오는 모습도 보인다.

▷ 박 영일 : 마당이...

S020-007

▷ 심 영감 : 치웠지. 그런 자국을 그냥 놔둘 수 있나?

S020-008

▷ 박 영일 : 고맙습니다.

S020-009

돌아서 집 쪽으로 안내하려는 듯한 몸짓을 한다.

▷ 심 영감 : 못 좀 먹어야지?

Scene 020	박영일의 집 ➡ 광 안 / 오전
Picture	Substance and serif

S020-010

▷ 박 영일 : 아니요. 두령님이 주먹밥을 들고 오셨었어요.

S020-011

▷ 심 영감 : 그랬는가?

▷ 박 영일 : 밤에 이리 떼들한테 죽었다고 생각했는데 덤비질 않더군요.
굶어서 뼈가 앙상한 놈들이었는데...

S020-012

▷ 심 영감 : 두령은 네 녀석 죽는 꼴 원치 않으셨던 게다.

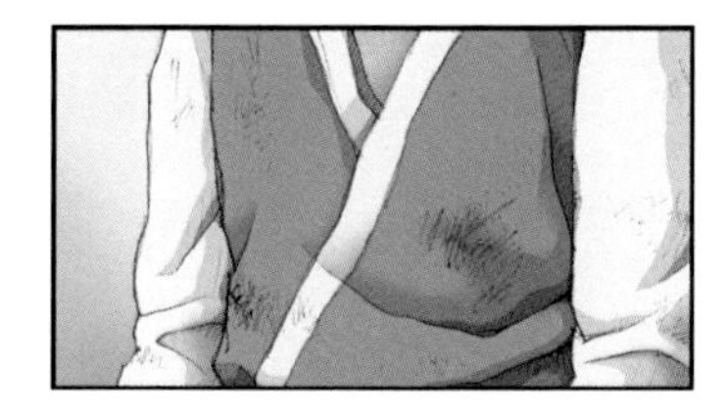

S020-013

더러운 복장의 박영일.

▷ 심 영감 : 그 난리 통에 아직도 산군 피나 털이 잔뜩 묻어 있잖아?

S020-014

약간 열려있는 광문. 광 안쪽에서 끙끙대는 소리.

▷ 심 영감 : 이리떼들이 산군 냄새를 맡고 덤벼들기...

▶ 짐승 새끼들 끙끙대는 소리

Scene 020

Picture

Substance and serif

S020-015

소리를 느끼고 돌아볼 때 Cut.

▷ 심 영감 : 겁낼 거란 걸 알고 계셨던 거지. 하지만 그것도...

▶ 짐승 새끼들 끙끙대는 소리.

S020-016

광 안쪽에서 내다보이는 박영일과 심영감.

▷ 심 영감 : 네 운이 따랐어야 하겠지만...

▶ 좀 더 크게 들리는 짐승 새끼의 소리.

S020-017

박영일이 광 안쪽에서 들리는 소리를 의식 한다는 걸 알아챈 심영감.

▷ 심 영감 : 아! 이 소리 말인가?

S020-018

앞서가는 심영감의 뒷모습을 바라보던 박영일도 잠시 후 뒤따라간다.

▷ 심 영감 : 이리 와보게..

S020-019A

앞서서 광문을 열고 들어가는 심영감을 보는 박영일의 시선.

광 안쪽은 무척 어둡다.

Scene 020	박영일의 집 ➡ 광 안 / 오전
Picture	Substance and serif

S020-019B

부엌으로도 쓰이는 광 안으로 내려서서
박영일을 돌아보는 심영감.
아직 광 안은 어둡다.
▶ 끙끙거리는 짐승 새끼의 소리가 더욱 커진다.

S020-019C

소리 나는 쪽으로 시선을 옮기는 박영일과 심영감. 부엌 뒤쪽으로 5마리 새끼에게 젖을 먹이고 있는 풍산개 어미의 모습이 보인다.
광 안이 서서히 밝아진다.

S020-019D

꼬리를 흔드는 풍산개 어미에게 Zoom In.
그때 젖에서 입을 떼고 뒤를 돌아보는 새끼 두 마리.
그중 한 마리가 새끼 백호이다.

S020-020

놀라는 박영일의 표정.
▷ 심 영감 : 아랫마을...

S020-021

으르렁대는 새끼 백호.
▷ 심 영감 : 숯쟁이 염씨네 개라네.

Scene 020	박영일의 집 ➡ 광 안 / 오전
Picture	Substance and serif

S020-022

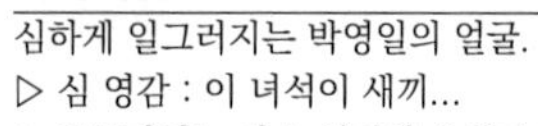

심하게 일그러지는 박영일의 얼굴.
▷ 심 영감 : 이 녀석이 새끼...
▶ 끙끙거리는 짐승 새끼의 소리가 더욱 커진다.

S020-023

박영일이 갑자기 밖으로 뛰쳐나간다.
▷ 심 영감 : 젖 먹이던 게 생각나서 어제...

S020-024

박영일이 뛰쳐나간 광 쪽을 바라보던 심영감이 새끼 백호 쪽을 돌아보다가걱정스러운 표정으로 약한 한숨을 쉰다.
▶ 박영일이 뛰쳐나가 방문을 여는 소리. 우당탕거리는 소리

S020-025

멀뚱한 눈으로 심영감을 올려다보는 새끼 백호.
▶ 갑자기 박영일이 달려오는 소리

S020-026

광 안으로 엽총을 들고 뛰어 들어오는 박영일.

Scene 020	박영일의 집 ➡ 광 안 / 오전
Picture	Substance and serif

S020-027

뛰쳐 들어와 총구를 겨누는 박영일.
뒤쪽으로 심영감이 보인다.
박영일의 얼굴 쪽으로 서서히 Zoom In.
▷ 심 영감 : 그 새끼도 죽여 버릴 작정인가?

S020-028

긴장하며 뒷걸음치는 새끼 백호.

S020-029

계속 총을 겨누고 있는 박영일. 뒤쪽으로
자리를 잡고 앉는 심영감.
▷ 심 영감 : 어제 범굴에 가봤네.

S020-030

분노가 서린 박영일의 얼굴.
▷ 심 영감 : 알지? 자네가 새끼를 데리고
도망쳐 온 그 굴 말이야.

S020-031

▷ 심 영감 : 이 백두산 일대 사람들은 산군님의
굴이 어딘지 다 안다네. 온 산이 한눈에
내려다보이는 정말 멋진 바위굴이지.

Scene 020	박영일의 집 ➡ 광 안 / 오전
Picture	Substance and serif

S020-032

총구를 두려워하며 으르렁대는 새끼 백호.

▷ 심 영감 : 거기에 산군과 색시, 그리고 3마리 새끼가 살고 있었잖은가? 근데 어제는 거기 아무것도 없었어.

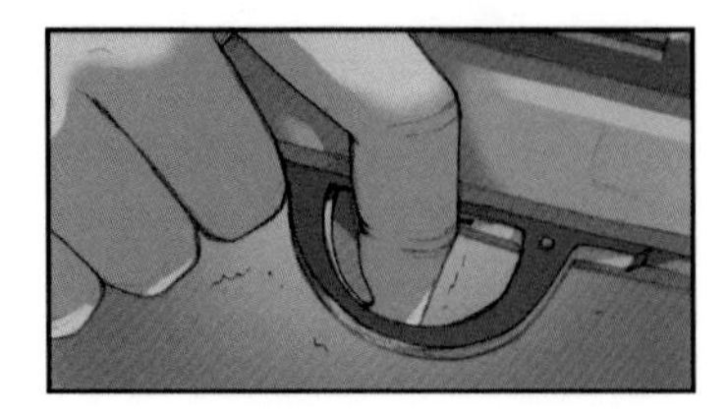

S020-033

방아쇠 위에 얹어져 있는 박영일의 손가락이 떨린다.

▷ 심 영감 : 주변을 살펴보니 2달밖에 안 된 새끼 범 두 마리는 머리만 남아있더군.

S020-034

괴로운 듯 눈을 감아버리는 박영일.

▷ 심 영감 : 어미를 찾아 나섰다가 물범이나 곰에게 먹혔겠지.

S020-035

서서히 눈을 뜨고 앞을 응시하는 박영일. 뒤쪽으로 심영감이 보인다. 일어서려 할 때 Cut.

▷ 심 영감 : 이제 이 근처 백두산엔 범이 없네. 자네 한 명이 며칠 새 저지른 일 때문에 이제 이 산에서는 범을 볼 수 없게 됐어.

S020-036

처음 기세보다 많이 누그러진 박영일의 표정. 광 밖으로 나가려던 심영감이 잠시 멈춰서 말을 하고 나간다.

▷ 심 영감 : 절벽에서 그놈을 왜 끌어올려 줬는가?

Scene 020

Picture

박영일의 집 ➡ 광 안 / 오전

Substance and serif

S020-037

뒤주 뒤쪽으로 몸을 피해 으르렁대고 있는 새끼 백호.

S020-038

서서히 총구를 내리는 박영일.

S020-039

박영일의 얼굴에서 Dissolve.

Scene 021

봉우리 / 낮

S021-001

Dissolve.

하늘과 가까이 보이는 작은 봉우리 모습이 한참 보인다.

▷ 심 영감 : 심 봤다!

S021-002

고개를 드는 박영일.

이전보다 덥수룩해진 얼굴과 수염이 눈에 띈다.

짧은 Dissolve.

Scene 022	봉우리 / 낮
Picture	Substance and serif

S022-001

Dissolve.
흰 무명천 위에 이끼가 깔려 있고 두 뿌리의 산삼이 놓여 있다.

S022-002

주변이 바위벽으로 둘러싸인 좁은 계곡에서 심영감이 앞에 놓여있는 산삼에 절을 하고 있다.

S022-003

절을 하는 심영감 뒤로 박영일의 머리가 올라온다.

S022-004

절벽 끝 돌부리를 잡고 올라오는 박영일.
심영감이 반갑게 맞아준다. 수염과 머리가 덥수룩한 박영일.
주루묵을 메고 있는 심마니 같은 형색이다.
▷ 심 영감 : 어서 올라오게!

S022-005

우묵 들어간 지형에 빛이 잘 들지 않는 곳.
좁은 공터에 심영감이 서 있다.
▷ 심 영감 : 채삼[採蔘] 일한 지 얼마 되지도 않은 소장 마니가 이런 마당심 구경도 다 하는구먼.

Scene 022	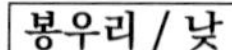 봉우리 / 낮
Picture	Substance and serif

S022-006

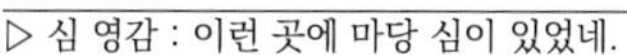

▷ 심 영감 : 이런 곳에 마당 심이 있었네.

S022-007

붉은 산삼 꽃이 핀 산삼들이 열 뿌리 이상 옹기종기 모여서 자라고 있다.

▷ 심 영감 : 산삼밭 말이야.

Scene 023	봉우리 꼭대기 / 오후

S023-001

작은 바위 봉우리 위에 앉아있는 박영일과 심영감의 뒷모습.

S023-002

먼 산을 바라보며 편하게 앉아 주먹밥을 먹고 있는 두 사람.

박영일이 심영감을 돌아보려 할 때 Cut.

S023-003

두 캐릭터의 얼굴로 서서히 Zoom In.

▷ 박 영일 : 심영감님! 거기 마당 심에서 왜 산삼을 두 뿌리 캤습니까?

▷ 심 영감 : 자네 한 뿌리 나 한 뿌리 가지려고 그러지.

Scene 023

Picture

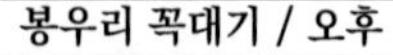
봉우리 꼭대기 / 오후

Substance and serif

S023-004

▷ 박 영일 : 아니! 어림잡아 10뿌리는 족히 넘어 보였는데 왜 두 뿌리만 캐셨냐 하는 겁니다.

S023-005

헛웃음을 웃는 심영감.

▷ 심 영감 : 허 참! 한 뿌리씩만 가져도 충분한데 욕심껏 다 가져서야 쓰나?

S023-006

▷ 심 영감 : 놔두고 내가 잊어먹으면 다음에 더 필요한 사람에게 요긴하게 쓰이겠지.

S023-007

잠시 멍하니 먼 산을 바라보는 박영일을 잠깐 살피는 심영감.

S023-008

심영감도 정면을 바라본다.

▷ 심 영감 : 산은 사람에게 많은 것을 준다네.

Scene 023	봉우리 꼭대기 / 오후
Picture	Substance and serif

S023-009

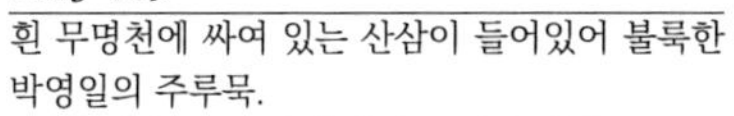

흰 무명천에 싸여 있는 산삼이 들어있어 불룩한 박영일의 주루묵.

▷ 심 영감 : 모자라지 않게 주지만 사람들은 넘치게 받으려고 과욕을 부리지.

S023-010

▷ 심 영감 : 그러면 언제나 탈이 생겨. 산에선 우리도 산짐승일 뿐이야.

S023-011

정면을 바라보던 박영일이 심영감의 말끄트머리에 왼쪽에 뭔가를 느끼고 돌아본다.

S023-012

화면 좌측에 희미하게 보이는 물체.

S023-013

좀 떨어져 있는 작은 봉우리 위에 서 있는 윤예원과 딸아이의 모습.

Scene 023

Picture

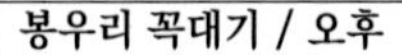

봉우리 꼭대기 / 오후

Substance and serif

S023-014

박영일에게 미소를 짓는 윤예원.

S023-015

덤덤히 바라보고 있는 박영일.

S023-016

차분히 앉아있는 심영감.
박영일은 왼쪽 봉우리를 쳐다보고 있지만
아무것도 없다.

Scene 024

박영일의 집 곳간 / 새벽

S024-001

해가 뜨기 바로 전 새벽 박영일의 집.

S024-002

어두운 광 안에서 잠을 자고 있는 풍산개들과
새끼 백호.
새끼들의 덩치가 많이 커져 있다.
백호에게로 서서히 Zoom In.

Scene 024

Picture

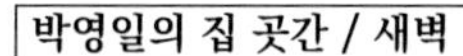

박영일의 집 곳간 / 새벽

Substance and serif

S024-002B

자고 있던 백호가 뭔가를 느끼고 눈을 뜬다.

S024-003

누군가 다가오는 소리와 함께 광문이 삐걱 열린다.

S024-004

문을 열고 박영일이 들어온다. 엽총을 메고 전보다 깔끔한 모습.

S024-005

화들짝 놀라며 약간 뒷걸음치는 백호의 얼굴에서 Zoom Out.
풍산개들도 잠에서 깨어나고 풍산개 새끼들이 박영일을 향해 뛰어가려 할 때 Cut.

S024-006

광 안으로 들어와 내려서는 박영일에게 반갑게 달려오는 풍산개 새끼들.
Zoom In.
Tilt Down.

Scene 024	박영일의 집 곳간 / 새벽
Picture	Substance and serif

S024-007

새끼 풍산개들을 맞아주는 박영일.

▶ 좋아서 낑낑대는 풍산개 새끼들.

S024-008

고개를 들어 백호 쪽을 바라보는 박영일.

S024-009

계속 으르렁대고 있는 백호.

S024-010

▷ 박 영일 : 그래 어쩌겠다는 거냐?

S024-011

▶ 캬앙!

Scene 024	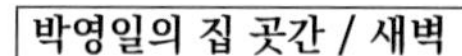 박영일의 집 곳간 / 새벽
Picture	Substance and serif

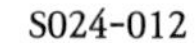
S024-012

잠시 서로를 노려보고 있는 박영일과 백호.

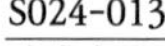
S024-013

갑자기 어깨에 걸려있는 엽총의 어깨끈을 잡고...

S024-014

백호 쪽으로 총을 겨누는 박영일.

S024-015

총구를 경계하며 피하려고 애를 쓰는 백호.

▷ 박 영일 : 내 가족들도 네놈 아비한테 죽어서 창귀가 되어 이 백두산을 떠돌고 있다.

S024-016

▷ 박 영일 : 네 놈만 가족을 잃은 게 아니다.

Scene 024	박영일의 집 곳간 / 새벽
Picture	Substance and serif

S024-017

강아지 중 바우가 몸을 일으켜 총구를 두 발로 잡는다. 총구가 내려간다.

S024-018

총구에 매달린 강아지를 보며 약간 표정이 누그러진 박영일. 총구가 더욱 내려간다.

S024-019

강아지들을 내려다보던 박영일이 백호를 쳐다본다.

▷ 박 영일 : 난 백두산을 떠난다. 범잡이 사냥꾼이 될 거다.

S024-020

박영일의 등엔 등짐이 지어져 있고 끈 한쪽에 빨간 옷고름이 매어져 있는 것이 보인다.

강아지들은 바닥에 내려 뜨려진 총구에 매달려 놀고 있지만, 백호는 총구 끝을 보며 긴장하고 있다.

▷ 박 영일 : 내가 범잡이를 하다 죽지 않고 너도 죽지 않아 살아서 만난다면...

S024-021

▷ 박 영일 : 그때는 네놈 아비한테 진 빚을 톡톡히 갚아주마.

Scene 024

Picture

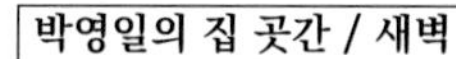

박영일의 집 곳간 / 새벽

Substance and serif

S024-022

다시 풍산개들을 내려다보던 박영일은 엽총을 어깨에 다시 메고 뭔가를 잡으려고 양손을 밑으로 뻗는다.
박영일이 일어서려 할 때 Cut.

S024-023

바우를 두 손에 안고 일어서는 박영일. Camera Tilt Up.
▷ 박 영일 : 자 바우야! 너는 나랑 가자.

S024-024

광 바닥을 내려다보는 박영일.

S024-025

박영일을 보고 있는 백호와 풍산개들.

S024-026

돌아서 광 밖으로 나가는 박영일의 뒷모습으로 Camera가 따라간다.

Scene 024	박영일의 집 곳간 / 새벽
Picture	Substance and serif

S024-027

박영일이 광 밖으로 사라지자 문 쪽으로 따라 오는 풍산개들 쭈뼛거리던 백호도 뒤늦게 따라온다.

S024-028

하나둘 광 문턱에서 밖을 내다보는 풍산개들과 백호. Camera Tilt Up 되면서 서서히 윤예원과 딸아이의 모습이 나타난다.

S024-029

가만히 바라보고 있는 윤예원.

S024-030

박영일의 등짐에 묶여있는 빨간 옷고름에서 Camera Zoom Out.

싸리문을 지나 산군이 자신의 집으로 들어왔던 길을 한참 걸어가고 있는 박영일의 뒷모습을 Camera가 쫓는다.

Camera 천천히 Tilt Up 되며 산의 모습을 비춘다.

작가의 말

1972년에 제가 태어난 곳은 종로구 무악동 ○○ ~ 632호 13통 1반, 아직도 그 주소가 잊히지 않는 동네입니다. 지금은 재개발되어 다시 돌아가기도 힘든 집값의 동네가 되었지만 제가 살 때만 해도 정말 가난한 동네였습니다. 좁은 골목에는 개똥이 뒹굴고 재래식 화장실을 푼다고 똥지게 진 아저씨들이 뻔질나게 드나들던 곳이었습니다. 그 동네에서 90년대 초까지 살다가 이사를 했지만 저는 지금도 그곳이 그립습니다.

아침 먹고 집을 나서면 인왕산에 올라 저녁이 다 될 때까지 놀고는 했습니다. 배고프면 인왕사에서 절 밥을 좀 얻어먹던가 산딸기나 남의 집 텃밭에서 무를 뽑아 먹기도 합니다. 다닥다닥 붙은 집들 굴뚝에서 밥 짓는 흰 연기가 피어오르기 시작하면 장관입니다. 그때야 저녁 먹을 시간이 다 됐다는 생각에 산에서 내려옵니다.

그런 어린 시절의 경험과 함께 할아버지가 어릴 적 보셨다는 인왕산 호랑이에 관한 얘기는 '마지막 왕'을 작업하게 된 충분한 동기입니다.

70~90년대를 지내 온 저에게 일본 문화의 영향은 정말 컸습니다. 명동의 회현 지하상가 가게에 VHS 테이프를 맡기고 몇 달을 기다려 아키라나 건담, 왕립우주군, 수병위인풍첩, 로봇 카니발,

미궁물어 등을 복사해다 보고, 매달 뉴타입 잡지를 기다리는 것이 낙이었습니다.
그렇게 역사의식도 없이 일본 문화에 빠져있던 놈이 90년대나 돼서야 우리나라의 근대사에 관심을 두게 되었습니다.
93년에 김학순 할머니가 처음으로 '일본군' 위안부에 대해 언급하신 이후로 저는 큰 충격에 빠졌었습니다. 게다가 우리나라의 호랑이, 표범의 멸종 원인이 된 큰 사건이 일제강점기 시절, 일본이 행한 해수구제사업이라는 걸 알게 되니 이런 사실들을 꼭 작품으로 그리고 싶었습니다.
2006년에 '마지막 왕' 작업을 끝내고 2008년부터는 '일본군' 위안부셨던 정서운 할머님의 육성으로 제작된 '소녀이야기' 작업을 했습니다. '환'과 '소녀에게'까지 2017년에 작업을 마무리했습니다. '마지막 왕'은 일제강점기 시대를 다룬 제 작품들의 시작 점입니다.
'마지막 왕'은 불행하게 제작되지 못했지만, 언젠가 울창한 백두산을 호령하는 고려범 백호의 모습을 영상으로 보는 날이 왔으면 합니다.

2020. 12. 김준기